― 長編官能小説 ―

はなむけ慕情

＜新装版＞

八神淳一

竹書房ラブロマン文庫

目次

第一章　ざわめく転勤

1

やっぱり駄目だったか……。

幸田弘樹《こうだひろき》は帰りの電車の中で、ため息をつく。車窓にはつり革に摑《つか》まっている自分の顔が映っているが、笑おうとしても、笑えない。

弘樹は二十五歳。K食品東京本社に勤務していたが、本日辞令を受け、一ヶ月後に九州北部の都市へと転勤することになった。

弘樹はもともと九州南部の出身で、大学の四年間と社会人としての三年間、計七年も東京で暮らしてきたが、その間、まったく女性に縁がなかった。

そんな弘樹が今回の転勤の辞令を受けて、真っ先に頭に浮かんだのは、広報部の島《しま》谷美咲《たにみさき》の顔だった。

弘樹と美咲は同期である。入社してすぐの研修の時は、何度か話もした。弘樹はすぐに美咲の美貌に惚《ほ》れてしまったが、広報部と総務部に分かれてからは、挨拶する程度になっていた。

美咲は社内でもかなり人気があり、弘樹など相手にされないとわかっていた。だが一ヶ月後に東京から去ってしまうなら、思い切って、告白してみようと思ったのだ。

弘樹は本社ビルの社員通用口のそばで、美咲の帰りを待ち、そして、転勤が決まったことを話し、ずっと好きでした、と告白した。

「ごめんなさい。付き合っている人がいるの」

美咲は転勤の話には、驚いたような表情を見せたが、告白に対してはさほど感銘を受けた様子はなかった。

やはり脈がなかったということだろう。

しかし、ダメ元で告白したものの、いざ本当に駄目だとわかると、やはり落ち込む。

東京に出てきて七年。ついに、女性と付き合うことなく、九州に戻らなくてはいけないのか……。やっぱり、一度でも、東京の女性と付き合いたかったな……。

電車を降りた弘樹は、しょんぼりと自宅マンションへと向かった。

途中でコンビニに立ち寄る。毎晩、ここで買い物をするのが日課なのだ。牛乳パックと明日の朝食べるパンを手に、レジへと向かう。

「いらっしゃいませ」

いつものバイトの女の子が笑顔を見せる。ポニーテールが似合う、なかなか可愛い子だ。弘樹は牛乳パックとパンを置いた。

「なんか元気ないですね」

いきなり話しかけられ、弘樹は驚いた。彼女とは顔見知りではあったが、これまで会話を交わしたことはなかった。思わず声を掛けたくなるくらい、ひどい顔をしているのだろうか。

「実は、好きだった人に振られてしまったんです……」

と弘樹は本当のことを答えていた。

適当に受け流すべきなのだろうが、振られて落ち込んでいるせいか、聞かれたことに素直に返答してしまう。

「えっ、そうなんですか……」

「あと一ヶ月で九州に転勤することになって。思い切って告白したんですけど……駄目でした」

「えっ、転勤って……じゃあ、十月から会えないんですかっ」

バイトの子は弘樹が振られたことより、転勤の方に驚いているようだった。

「そんなあ……残念です……」

「残念？」

「私、幸田さんの笑顔に癒《いや》されていたんです」

「幸田さんて……どうして、僕の名前を？」

女の子が、弘樹の首元を指差す。身分証明のプレートを首から下げたままだった。美咲に告白する緊張で、会社から出る時にネームプレートを取らず、その後は振られた失望感から、外すことなど忘れて電車に乗っていたようだ。

「あの……私、もうすぐ上がりなんです」

「えっ……」

「ちょっとだけ、お時間、いいですか」

「それって、あの……」

バイトの女の子は、もうすぐバイトが終わるから、その後付き合ってくれませんか、と言っているはずだった。

確かに耳にはそう聞こえていたが、リアリティがなかった。

「お時間、ありませんか……？」

弘樹の沈黙を拒否と勘違いしたのか、バイトの女の子が寂《さび》しそうな顔になる。

「いえ！　もちろん、ありますよ」

「良かった」

とバイトの女の子は、弘樹に向けてとびきりの笑顔を見せた。

美咲に振られた失望感がすうっと消えていった。


近くのファミレスで待っていて欲しいと言われ、弘樹はファミレスに向かった。

窓際の席に座り、やってきた店員に、連《つ》れが来ますから、と告げる。

思えばこれまでの弘樹の連れは、すべて男であった。同じ連れでも性別が変わるだけで、胸の高鳴りは大違いだ。

しかし、いったいなんの話があるのだろうか。好きです、という告白か……？　まさか……。でも、いつもさわやかな笑顔を自分に向けてくれていた……あれは職業的な笑みだと思っていたが、違っていたのか……。

やがてバイトの女の子が姿を見せた。きょろきょろとフロアを見渡している。

手をあげると、笑みを浮かべてこちらにやってくる。

弘樹はバイトの女の子の私服姿に見惚《みと》れていた。

彼女はショートパンツにTシャツ姿だった。ショートパンツから伸びている生足《なまあし》はすらりと長く、モデルのようだった。ぴったり上体に貼り付くタイプのTシャツの胸元が、かなり高く張っている。

こちらに向かって長い足を運ぶたびに、上下に胸元が揺《ゆ》れている。

「お待たせしました」

とバイトの女の子が、差し向かいに座った。

店員がきて、弘樹がアイスコーヒーを頼むと、同じものを、と女の子が言った。

「あの……私、椎名瑞穂《しいなみずほ》といいます。S大の二年生です。二十歳になったばっかりです」

「僕は、幸田弘樹といいます。もうご存じだと思いますが、K食品で働いています」

苦笑いを浮かべつつ、弘樹はそう言った。

が、そこで会話は止まった。瑞穂がなにも話さなくなってしまったのだ。

いざ弘樹と会ったものの、話の切り出しに迷っているように見えた。

あらためて瑞穂を見ると、とても愛らしい顔立ちをしている。なにより、大きな瞳が魅力的だ。可憐で清楚な女子大生といった雰囲気だ。

アイスコーヒーがやってきた。ふたりは黙ったまま、ひたすらアイスコーヒーを飲む。

なにか話さないと、と思うのだが、すらりと話が出てこない。考えてみれば、こうやって女性と二人だけでコーヒーを飲むなんて、はじめてのシチュエーションだと気付く。

それを意識してしまうと、さらに話が出てこない。

「あ、あの……大学は……文学部とかかな？」

「海洋学を学んでいます」

「か、海洋学……」

弘樹にはさっぱり分からない分野だ。聞いたことさえない。海洋学について尋ねようかと思っていると、

「あのっ……ご相談があります」

と瑞穂が真摯《しんし》な目を向けてきた。

「なんですか」

「私、好きな人がいるんです……」

「そ、そうですか」

俺じゃなかったのか……まあ、そうだろうな……。

「その人に告白したいんですけど……あの、その……私、まだ……」

「まだ？」

「バ、バージンなんです」

そう言うと、瑞穂は愛らしい顔を真っ赤にさせて、俯《うつむ》いた。

「そ、そうなの……」

いつも顔を合わせているバイトの女の子に、処女ですなどと告げられて、弘樹は面《めん》食《く》らった。でもそう言われても、弘樹が処女を頂けるわけではない。彼女が処女を捧げたいのは、あくまで告白する相手だろうから。

「あの……男の人って、処女の子が相手だと、重い気がして引いちゃうって、言うでしょう」

「いや、そんなことはないと思うけど」

むしろ処女の方が相手は喜ぶのではないだろうか。

「そうですか。重くはないですか」

「重くはないと思うよ」

「私、処女を卒業したいと思っていて……。それで、あの……来月には東京からいなくなる幸田さんに……あの……その、おねがいしたいな、と思って……」

「おねがいって、僕に処女を⁉」

はい、と言って瑞穂はさらに赤くなる。

「そ、そうなのか……。ええと、そうだな、確かに……処女は少し重いかもね」

目の前の可愛い女子大生とエッチ出来るかも、と思った途端《とたん》、弘樹はあっさりと前言を翻《ひるがえ》していた。

「やっぱり、そうですよね……」

「その、あの、僕に処女をあげたい、というのは本気なんだね」

「本気です……」

なんてことだ。いきなり、処女の身体《からだ》が天から降ってきた。

どうやら、弘樹が一ヶ月後にいなくなると聞いて、後腐れなく処女をあげられる相手として選ばれたようだ。

「やっぱり、最初は幸田さんみたいな……大人の男性の方が……安心出来るな、と思って……」

大人の男性。この俺が……。

まあ、二十歳の女子大生から見れば、弘樹のような男でも、スーツを着てネクタイを締めていれば、大人の男に見えるのかもしれない。

が、それは錯覚である。弘樹自身は、まだ女も知らない童貞なのである。

「ごめんなさい……突然、なんか変なおねがいをしてしまって……ああ、変わった女だと思われたでしょう」

瑞穂は両手で愛らしい顔を挟み、いやいやとかぶりを振った。

半袖からのぞく二の腕はほっそりとしなやかだったが、Tシャツの胸元は高く盛り上がっている。

かなりの巨乳だ。二十歳の処女の乳房を、この俺が揉《も》みしだけるのだ。

スラックスの下でペニスが暴れるかと思ったが、違っていた。緊張で縮んでしまっている。

相手は、この俺を大人の男として見ているのだ。紳士的に処女を奪って欲しい、と思っているのだ。キスさえ知らない自分に、そんなことは無理だった。でも、断るなんて惜しすぎる。

その夜ははっきり返答しないまま、ファミレスの前で別れた。

マンションへの帰り道、キスくらいしておけばよかった、と猛烈に後悔していた。

2

マンションの敷地に入ると、男女の争う声が聞こえてきた。

「女のところに行くのねっ」

「うるさいっ」

エントランス近くで、夫婦らしい男女が激しく言い争っていた。妻らしき女性はタンクトップにミニスカート姿。夫とおぼしき男はワイシャツにネクタイ姿で、手にはボストンバッグを持っている。

どうやら、夫は着替えを持って出て行くところのようだった。こんな時間に、出張ではないだろう。妻の様子からして、浮気相手のところへ向かうのだろうか。

確か二人は、このマンションの住人のはずだ。名前は知らないが、ゴミ出しの時などに見かけた覚えがある。

「二度と戻ってくるな、ばかあっ」

妻が立ち去る夫の背中に向かって、足元に落ちていた紙コップを投げつける。けれどそれは夫に届かず、力なく地面に落ちた。

夫がマンションの敷地から出ていった。

「あの……、大丈夫ですか？」

そう声を掛けつつ、弘樹は人妻に近寄っていった。

「女のところに……あいつ……」

人妻は泣いているのか、弘樹に目線を向けず、鼻をすすり上げる。

しゃがみこんでいるため、弘樹が胸元をもろに見下ろすかっこうとなっていた。

人妻はかなり豊満な乳房の持ち主だった。タンクトップから、今にも白いふくらみがこぼれ出してしまいそうだ。

たくしあがったミニの裾《すそ》から出ている太腿《ふともも》には、むちむちとあぶらが乗り切っていた。まさに、美味《うま》そうな人妻の身体だった。

「夫が浮気をしているのが……ああ、はっきりして……ううっ」

人妻が弘樹を見上げ、ぼろぼろと涙を流しはじめる。

大丈夫ですか、と弘樹はしゃがみ、人妻の剝《む》き出しの肩に手を置いた。

すると、どうして浮気なんかっ、と言って弘樹に人妻がしがみついてきた。タンクトップの胸元をぐりぐりと弘樹のジャケットにこすりつけてくる。

弘樹の鼻孔が、人妻が放つむせんばかりの甘い体臭に包まれる。

弘樹はどこに手を置いてよいか困ったが、背中に貼り付くタンクトップ越しに人妻を抱き寄せていった。薄い布を通して、背中の感触が伝わってくる。

「ああ、ごめんなさいね……みっともないところを見せちゃって」

やがて顔をあげて、人妻が離れた。

「いえ、僕こそ、まずい所に帰ってきてしまって、すみません」

「ああ、そういえば……。ここの方よね。私、佐々木和香《ささきわか》といいます。五階の角に住んでいます」

人妻の方も弘樹に見覚えがあるようで、改めて挨拶をしてきた。

「僕は、幸田弘樹です。四階の角の部屋です」

「どちらの角ですか」

と聞かれ、奥の方です、と答えると、

「じゃあ、うちの部屋が真上ですね」

と和香が答えた。

色香あふれる人妻が、ずっと真上に住んでいたとは、知らなかった。

こんなに色っぽく綺麗な奥さんがいながら浮気をするなんて……と弘樹は不思議に思う。夫婦二人でいっしょにいるところを何度か見たことがあるが、旦那はまじめそうな男だった。

しかし、普段着の人妻はエロ過ぎる。弘樹は和香のムチムチとした佇《たたず》まいを改めて鑑賞する。

胸元はタンクトップにカップがついているタイプで、ノーブラのようだ。しゃがんでいるため、ただでさえ短いスカートが大胆にたくしあがり、今にもパンティが見えそうだった。

自分のすぐそばで、たわわなふくらみが息づき、あぶらの乗った太腿が誘っている。その肢体はとても無防備に晒《さら》されていて、手を伸ばして触れることができそうな錯覚を感じてしまう。

「幸田さんも、お元気なさそうですね」

そう言って、和香が涙で潤ませた瞳を、じっと弘樹に向けてくる。

「えっ、どうしてですか……」

「なんだか、前に見たときより寂しそうな顔をしてるから」

「そうでしょうか……」

コンビニのバイトの瑞穂もそうだったが、けっこう、普段から弘樹のことを見ていてくれている女性がいたことに驚く。普段から見ていないと、表情の変化には気付かないだろう。

「九州に転勤するんですよ。ひと月後に、お別れです」

「えっ、うそっ。いなくなっちゃうんですかっ」

それに転勤だから寂しいのではなく、意中の女性に振られたから寂しい顔をしているんです、と説明しようとしたが、その前に、

「私も、浮気してみようかな」

と和香がつぶやいた。

「えっ……」

「だって、幸田さんはひと月後には九州に行ってしまうんですよね」

「はい、行ってしまいます」

「だったら……」

和香が弘樹を見る目つきが変わっていく。男として吟味するような目だ。

「後腐れがないということですよね」

「そ、そうですね……後腐れなんか、ありません……」

転勤の話を聞いた途端、処女をあげたいと言い出した瑞穂に続いて、和香も、転勤と聞いて弘樹とエッチしたくなったのか。

転勤というのは、女心に響くのだろうか。

すぐそばに、和香の唇がある。さっき、瑞穂にキス出来なかったことをずっと悔やんでいた弘樹は、人妻の唇をじっと見つめる。

厚ぼったい唇は半開きで、弘樹を誘っているように見える。胸元や太腿同様、とても無防備に見える。

キスをする絶好のチャンスのように思えた。

弘樹は和香の二の腕に手を置いた。やや汗ばんだ肌が、しっとりと手のひらに吸い付いてくる。さすが人妻の肌だ、と股間がむずむずしてくる。

二の腕に触れても、和香はなにも言わない。じっと弘樹を見つめている。

これはいける。唇を奪うんだっ。はやくしろっ。

気ばかり焦るが、身体が動かない。キスすれば、これがファーストキスとなる。はじめてが人妻でいいのか。

うじうじ考えていると、もうっ、と言って和香が唇を寄せてきた。

あっ、と思った時には、ぬらりと和香の舌が入ってきていた。弘樹の舌がからめとられていく。

ファーストキスでいきなり、ディープなキスとなる。

和香の舌は甘かった。女の唾液は、こんなに甘いのか。

舌と舌をからめているだけで、スラックスの下でびんびんになったペニスがぴくぴく動いている。

こんなにも気持ちいいものを、二十五年も知らなかったなんて……なんという人生の喪失だったのだろうか。

弘樹は舌をからめつつ、調子に乗って、タンクトップの胸元を摑んでいった。

薄いカップ越しに、豊満な感触を覚えた。

ああっ、これがおっぱいっ……おっぱいなんだっ。

カップ越しでも、やわらかさが伝わってくる。キス同様、なんとも気持ちいい。揉んでいるだけで、幸せな気分になってくる。

和香が、はあっと火のようなため息をつきつつ、唇を引いた。ねっとりと唾液が糸を引く。それを妖しく濡れた瞳で弘樹を見つめつつ、和香がじゅるっと吸った。

和香さん……ともう片方の手も、タンクトップの胸元に伸ばす。二つの手で、二つのふくらみを揉みしだく。

「あっ、ああ……」

和香が弘樹を見つめたまま、甘い喘《あえ》ぎを洩《も》らす。

じかに触りたかったが、ここはマンションのエントランスだ。いつ、誰が姿を見せるかわからない。今でも、かなり危険なのだ。

「ご、ごめんなさい、私、帰らないと……」

ふいに我に返ったように、和香が立ち上がった。その時ミニの裾がたくしあがり、しゃがんだままの弘樹の視界に、和香の恥部が映った。シースルーのパンティが、股間に貼り付いていた。

べったりとした恥毛が透けて見えた瞬間、弘樹は股間を暴発させそうになった。

3

翌朝、燃えるゴミを入れた袋とブリーフケースを手に、マンションのエントランスに出ると、ちょうど、ゴミを出した和香と会った。Tシャツにショートパンツ姿だ。

太腿の付け根近くまで剝き出しの生足は、なんともエロい。

瑞穂のショートパンツ姿は、すらりと伸びた生足の美しさを堪能《たんのう》出来たが、人妻のショートパンツ姿からは、牝のフェロモン臭だけを感じた。

自分の部屋からゴミ置き場までだから、太腿を丸出しにさせているのだろうが、このまま商店街まで歩いたら、誰かに襲いかかられるのではないだろうか。

そして襲いかかられても、怒ることは出来ないと思った。それくらい、和香の太腿は色香にあふれていた。

「おはようございます」

ドキドキしつつ挨拶をすると、おはようございます、といつもと変わらない表情で和香が返してきた。

そして軽く会釈をして、和香はエントランスに入っていった。

弘樹は、名残惜《なごりお》しげに人妻の後ろ姿を見やり、駅へと向かった。


今日も都心へと向かう電車は、ぎゅうぎゅう詰めである。

が、いつもは不快な車内も、今日の弘樹はまったく気にならない。昨夜の出来事に、浸《ひた》りきっていたからだ。

私服姿が素敵な瑞穂。そんな彼女に、処女をあげますと言われたこと。タンクトップとミニの和香。色香の塊のような人妻とのキス。じゃれあうように舌をからめつつ、タンクトップ越しに乳房を揉んだ感触。

もう何度反芻《はんすう》しただろうか。昨夜は二度、オナニーしてしまった。

今も、和香の乳房や太腿を思い出して、満員電車の中で勃起させていた。

いいことは続くものなのか、今、弘樹の前にOL風の女性が立っていた。髪をアップにしているため、うなじがすぐそばにある。そこからなんとも言えない薫りが漂ってきている。こんな僥倖《ぎょうこう》は、サラリーマンになってはじめてだった。

電車が大きく揺れた。OL風がこちらに倒れかかってくる。弘樹は思わず、左手を伸ばして支えた。

偶然だったが、胸元を摑んでしまった。まずい……と思ったが、OL風の女性はこちらを振り向き、すいません、とだけ言った。

女子大生からは処女をあげたいと言われ、人妻からは浮気したいと言われ、そして通勤電車の中で、OL風の胸元を摑んでしまった。

二十五年間、ずっと女に縁がなかったが、ここに来て一気に女運が上がったのだろうか、と弘樹は感じた。


「これは、こうやって処理します」

そう言いながら、弘樹はキーボードを慣れた手つきで叩く。

隣から、さわやかな薫りがかすかに漂ってきている。

ちらりと横を見ると、河村純子《かわむらじゅんこ》が澄んだ黒目で、パソコンのディスプレイを見つめていた。

いつ見ても、清楚な美貌にどきりとする。

弘樹の本社での仕事は、すべて同期の河村純子に引き継ぐことになっていた。今は通常業務の暇を見ては、純子にいろいろ教えているところだ。

同じ総務部にいながら、これまではほとんど会話らしい会話をしたことがなかった。清廉な雰囲気ゆえに、元々奥手な弘樹はなかなか気軽に声をかけられずにいたのだ。けれど、引き継ぎの業務で話すようになってからは、少しずつ打《う》ち解《と》けていた。

純子ほど、白のブラウスが似合う女性はいないのではないか。彼女を見るたびにそう思う。

「ちょっとやってみてください」

と弘樹が椅子を横にずらして、純子にパソコンを譲《ゆず》る。はい、と純子がディスプレイを見つつ、キーボードを叩きはじめる。

純子の指は、白くて細長い。ぴんと背筋を伸ばしてキーボードを叩く姿に、弘樹は見惚れていた。

昼休みの後、弘樹は備品室へと向かった。

ドアを開くと、純子の姿が目に飛び込んできた。純子は脚立《きゃたつ》に上がって、背伸びをしていた。棚の一番上にある物を取ろうとしているようだった。

純白のブラウスに紺のスカート。背伸びしているため、ストッキングに包まれたふくらはぎはもちろん、太腿の一部まであらわになっていた。

色香の塊のような和香の太腿もいいが、清楚な雰囲気を醸《かも》し出す、純子のストッキング越しの太腿もたまらない。

脚立がぐらぐらしている。純子が箱を手にしたその瞬間、大きく脚立が揺れた。

弘樹はあわてて、駆け寄った。

あっ、と箱を持ったまま、純子が倒れてくる。弘樹は背後から手を出して抱き止めた。通勤電車の時と同じく、偶然、純子の胸元を掴んでしまう。

意外と豊かな感触に、弘樹はどきりとして、あわてて手を離した。

支えを失った純子が倒れてくる。危ないっ、ともう一度、純子を支える。

胸元を掴んだ状態のまま、弘樹は純子に押される形で、床に倒れ込んでいった。ちょうど、弘樹の身体がクッションになる形で、純子は助かった。

「ああ、ごめんなさいっ、大丈夫ですかっ」

仰向《あおむ》けに倒れた弘樹を、純子が心配そうにのぞきこんでくる。

純子の清楚な美貌が、息がかかるほどそばに迫っていた。

ああ、キスしたい。この唇を奪いたい。思い切って、奪ってしまおうか……。どうせ、一ヶ月後には九州に飛んでいるのだから。

「頭、打ったりしていませんか」

と純子が弘樹の後頭部に手を伸ばしてくる。

「大丈夫です……」

優しい純子に、弘樹は心中で詫《わ》びた。

僕こそすいません。どさくさ紛《まぎ》れに、純子さんのおっぱいを二度も摑んでしまっている。

……しかし、意外と大きかったな。

すぐそばに、純子の胸元がある。白のブラウスの胸元は、女らしいふくらみを見せている。これまで、純子の胸元をきちんと見たことはなかった。清楚な彼女を、そんな目で見ることにためらいがあったからだ。

あらためてよく見ると、スレンダーな肢体にしては、豊かな隆起を見せていた。

純子が弘樹の手を摑んで、ぐぐっと起こしてくれる。

ああ、今、俺は純子さんと手を繫《つな》いでいるんだっ。それだけでも、大感激だ。

「幸田さんがいなくなると、寂しいですね」

ワイシャツの背中の埃を払ってくれながら、純子がそう言った。

「えっ……」

「もっとはやく、幸田さんと親しくなりたかったな……」

そう言うと、純子は頰《ほお》を赤らめた。

弘樹はなんと答えていいのかわからず、じっと、恥じらう純子を見つめていた。

4

その夜コンビニに寄ると、椎名瑞穂が、あのファミレスで待っていてください、とおつりを渡しながら、囁《ささや》いた。

弘樹は、すでに瑞穂と付き合っているような錯覚をおぼえ、口元を弛《ゆる》めた。

可愛い女子大生が、もうすぐやってくると思うと、ファミレスで待っている時間も悪くない。今日はどんな私服だろう、とそわそわする。

瑞穂が姿を見せた。弘樹に気付くと、とびきりの笑顔を見せる。

ああ、なんて可愛い子だろう。こんな子に処女を捧げると言われたなんて、信じられない。だけど結局、この愛らしい笑顔を向ける本命は、自分ではないのだ……。

今夜の瑞穂はミニスカートに、薄いカーディガンを羽織っていた。

お待たせしました、と弘樹と差し向かいに座るなり、瑞穂が薄いカーディガンを脱いだ。すると、タンクトップに包まれた上半身があらわれた。

肩も二の腕も剝き出しで、ただでさえ豊かなバストのふくらみが、より強調されている。処女ゆえの青い色香が、むんむんと薫ってきて、弘樹はくらくらとなった。

「海洋学を学んでいるって言ったよね」

本題の前に、とりあえず大学の話を振った。会っていきなり、処女がどうの、といった話は始められない。

「はい。私、海が大好きなんです。将来、海に関わる仕事がしたくて、海洋学部に入ったんです」

「そうなんだ」

目を輝かせて将来の夢を語る瑞穂は、とても愛らしい。こんないい子の処女を俺なんかが奪うのは、やはり間違っていると思った。

一日考えた結論を、弘樹は思いきって話す。

「やっぱり……処女は瑞穂さんが好きな男性に、あげた方がいいと思うんだ」

「そうですか……」

輝いていた瑞穂の表情が曇る。

「処女って大切なものだろう。確かに、相手は重く感じるかもしれないけど、とてもうれしいはずだよ」

「うれしい……。幸田さんって……とても優しい人なんですね」

「えっ」

「だって……普通は、ラッキーって貰《もら》っちゃうものじゃないんですか」

確かにそうだろう。瑞穂は二十歳の女子大生。ルックスは抜群。バストも大きい。たいていの男は、理屈をこねる前に、やってしまうだろう。

しかし、弘樹には、ありがとう、と頂けない理由があった。

弘樹は女を知らない。二十五にもなって、昨日はじめて人妻相手にキスの味を知ったのだ。なのに瑞穂は、弘樹を大人の男だと見込んで、綺麗に処女を奪って欲しい、と言っている。とてもじゃないが、そんなの無理だ。俺には大役過ぎる。

「やっぱり、私の目に狂いはありませんでした」

「えっ」

「幸田さんにおねがいして、良かったとあらためて思いました」

筋を通す優しい男だと思われて、なぜか、好感度がさらに上がったようだった。童貞ゆえに、据《す》え膳《ぜん》から逃げているだけなのに。

「私なんか、魅力ないかもしれませんけど……どうか、考え直してくださいませんか」

「魅力ないなんて……僕なんかにはもったいない女性ですよ」

こんな俺なんかがはじめての男でいいのか、と思ってしまう。

取りあえず、あまり遅くなると帰り道が危ないので、弘樹は出ましょう、と席を立った。ファミレスから出る。

瑞穂は自転車で来ていた。駐輪場に二人で向かう。

そうするうちにも、弘樹の葛藤《かっとう》は高まってしまう。

やっぱり、キスだけでもしたい。でもキスして、処女の件をOKしたと勘違いされたらどうしよう。

そんな大役、俺には無理だ。ああでも、あの柔らかくて甘い感触を、瑞穂の唇でも味わいたい……。

駐輪場に着いても、瑞穂はなぜか帰ろうとしないで、こちらを見て佇んでいる。

上半身に薄いカーディガンを羽織ることなく、肌を大胆に露出させたタンクトップのままだ。

そこからは、処女のまま二十歳になった女性の若々しい色香が漂っていた。彼女も子供じゃない。でも、大人でもない……。

瑞穂がアクションを待っているように感じたが、弘樹は踏み出せずにいた。

瑞穂は名残惜しそうに俯《うつむ》き、自転車に乗ろうと片足を上げた。その時、ミニの裾がたくしあがり、太腿の付け根だけでなくパンティまでがちらりとのぞいてしまった。ローライズの、股間だけをきわどく覆《おお》うタイプのパンティだった。

弘樹は瑞穂のパンティに昂《たか》ぶった。

次の瞬間には、瑞穂の腰をかき抱き、口を重ねていた。あっ、と瑞穂はサドルを跨《また》ぐ体勢のまま、顔を引こうとしたが、唇を開き、弘樹の口にやわらかな唇を委《ゆだ》ねてきた。

弘樹は瑞穂のほっそりとした腰に腕をまわし、引き寄せつつ、舌を入れていった。するとと瑞穂が、恐る恐るといった感じで、舌をからめてきた。その拙《つたな》い動きに、もしかしてファーストキスかも、と弘樹は思った。そういう弘樹自身も、昨日、ファーストキスを経験したばかりだったが。

弘樹は腰にまわしていた手を下げて、ミニスカートをめくりたかったが、ぐっと我慢した。

口を離すと、瑞穂が恥ずかしそうに、弘樹の胸元に愛らしい顔を埋めてきた。

なんかいい雰囲気だ。恋人同士みたいじゃないか。でも、瑞穂には本命がいるのだ。これは、彼女にとって、レッスンみたいなものだ。

俺にとっても、レッスンなのだ、と思った。

もう一度、キスしようとすると、瑞穂が、かぶりを振り、ごめんなさい、と言った。

「やっぱり……怖いです……それに……幸田さんがおっしゃる通り……幸田さんとなんて……いけない気がします」

泣きそうな表情になり、瑞穂がそう言った。本命以外の男とキスして、急に、本命に対して罪悪感を覚えたのかもしれなかった。

「ごめんなさい……」

と言って、瑞穂があわててサドルを跨ぐ。するとさっきよりさらにミニの裾がたくしあがり、股間に貼り付く魅惑のパンティが、あらわとなった。

瑞穂はそのまま、自転車を漕《こ》いでいった。すらりと長い足が、遠ざかっていく。

「……瑞穂さん……」

逃がした魚は大きすぎた気もしたが、これでよかったんだ、と思おうとした。

5

ファミレスから自宅マンションに向かって歩いていると、白いものが目に入って来た。女性の生足だった。ショートパンツから伸びた白い足が、月夜の路地でなんとも悩ましく浮かび上がっていた。

弘樹はもっとそばで見ようと、足をはやめて近寄っていった。

女性はコンビニの袋を手に、ゆっくりと歩いている。あの女性は、和香さん。

視線を感じたのか、女性が振り返った。

「あら、幸田さん」

「こんばんは」

と弘樹は近寄っていった。和香はタンクトップにショートパンツ姿だった。しかも、今夜のタンクトップは、ブラカップ無しのタイプで、ノーブラの胸元が、たまらなくそそった。

タンクトップを突き破らんばかりに盛り上がった乳房の形が丸ごとわかり、乳首のぽつぽつが浮き上がって見えていた。

こんな胸元でコンビニまで出かけたなんて、罪深すぎる、と弘樹は思った。

「ちょうどよかった。いっしょに飲みませんか」

そう言って、和香がコンビニの袋を掲《かか》げて見せた。どうやら、ビールを買いに出ていたようだ。

「ご主人は？」

「今夜も女のとこよ……どうやら、職場の部下で、年は二十一らしいの……どうして、男の人って若い子が好きなの」

和香は三十くらいだろうか。人妻らしく大人の女の魅力がむんむんで、毎晩でもおねがいしたいタイプだった。

「結婚して、どれくらいなんですか」

「四年になるわ。二十六で結婚したの」

やはり三十ということか。

和香が公園へと足を向けた。弘樹も自然とそちらに従う。この公園は、夜は恋人たちが集《つど》う場所として有名だった。彼女がいない弘樹には、縁がない場所だったから、こんな時間に足を踏み入れたことはなかった。

公園の中央に、小さいながら噴水がある。そのまわりをベンチが囲んでいたが、ほとんどがカップルで埋まっていた。頭を寄せ合っている男女もいれば、キスしあっている男女もいる。

一つだけベンチが空いていた。そこに、和香が座った。弘樹も隣に座る。

「なんか、すごいですね。みんな大胆ですね」

「そうね……」

和香はコンビニの袋から缶ビールを取り出すと、弘樹に渡した。すいません、と受け取り、プルトップを引いて、ビールを喉に流し込む。

弘樹の喉は、瑞穂とのキスでからからだった。

「あんっ、だめぇ……」

隣のベンチから、女性の悩ましげな声が聞こえてきた。

ちらりと見ると、タンクトップの細い肩紐を下げられ、バストがこぼれ出ていた。

そのふくらみを、男が摑んでいく。女も男も若かった。大学生くらいだろうか。

弘樹が大学生の頃は、ひたすらAVを見て抜く日々だった。生身の女のバストを揉んだことなどない。大学生の身分で女のバストを好きに出来るなんて、なんてうらやましい奴なんだ。

和香に視線を戻すと、ノーブラの胸元が誘っている。

和香はごくごくと美味《おい》しそうにビールを飲んでいる。白い喉が妖しげに上下に動いている。唇からあふれたビールが、あごから喉を伝わり、鎖骨まで流れていた。

それがあまりに艶《つや》めいていて、弘樹は考えるより先に、顔を寄せて、鎖骨に流れたビールをぺろりと舐《な》めていた。

気付くと、ノーブラの胸元が鼻先にある。のぞいている魅惑の谷間から、甘い体臭が薫ってくる。

「あっ、あんっ……だめ、だめだよ……」

隣から女性の甘い声が聞こえてくる。

ちらりと見ると、驚くことに、もう片方の乳房もあらわとなっていた。男が二つのふくらみをこれ見よがしに、揉みしだいていた。

女は、だめ、と言いつつも、はあっと火の息を吐いている。

「今頃、夫も……二十一のOLのバストを……あんな風に揉んでいるんだわっ」

「和香さん……」

弘樹は隣の大学生カップルに煽《あお》られる形で、和香の胸元に手を出していった。

タンクトップ越しだったが、昨夜と違って、カップがなく、とてもやわらかな感触を覚えた。

「ひと月後には、東京にいないのよね、幸田さん」

確認するように和香が聞く。

「いません」

「ああ……そうなの……いなくなるのね……後腐れはないのよね」

「ありません……」

と言って、弘樹は思いきって、タンクトップの肩紐をぐっと引き下げていった。

「あっ、だめっ……」

右のふくらみが、ぼろりとこぼれ出た。

そのたわわなふくらみを見て、弘樹の頭にかぁっと血が昇った。

いきなり、鷲摑みにしていた。相手のことなどなにも考えず、欲望に突き動かされるまま、こねるように揉みしだく。

処女の瑞穂相手だったら最悪の行動だっただろう。はじめての乳揉みの相手が人妻で良かった。

「あ、ああ……恥ずかしい……ああ、こんなところでなんて……ああ、恥ずかしい」

こねるように揉みしだかれても、痛いなどとは言わず、火の喘ぎを洩らしはじめている。

じかに揉む乳房は最高だった。和香の乳房は熟れていて、やわらかかったが、ぐいっと揉みこむと、奥から弾き返してきた。

「あんっ、いやんっ」

隣から女の甘い声がして、ちらりと見ると、男が女の乳房に顔を埋めていた。

弘樹も大学生を見習って、和香の乳房に顔を埋めていった。

すでにとがりを見せている乳首を、ちゅうっと吸い上げていく。すると、和香が人妻らしい敏感な反応を見せた。

「はあんっ、あっあんっ」

俺の口吸いで、人妻を喘がせていると思うと、弘樹はさらに昂ぶる。

「あっんっ、だめっ……摘んじゃ、だめっ」

と隣から甘い声がして、弘樹は和香の乳首を吸いながら、ちらりと隣を見る。すると、大学生は今まで吸っていた乳首を指でころがしながら、もう片方の乳首を吸いはじめていた。

なるほど、と弘樹は顔を起こすと、もう片方の肩紐も引き下げていった。左の乳房も外灯の下にあらわとなる。

すでにとがっている左の乳首に、弘樹は吸い付いていった。じゅるっと吸いつつ、唾液で絖《ぬめ》っている右の乳首を指で摘み、大学生を真似てころがしていく。

「あ、あんっ……いいわ……幸田さん……」

和香が隣の若い女と競うように、泣き声をあげる。

「いいだろう。しゃぶってくれよ、リナ」

と隣から男の声が聞こえる。

「だめだよ……出来ないよ……」

バストをあらわにさせている連れの女が、かぶりを振る。

弘樹は股間に和香の手を感じた。スラックスのジッパーを下げてくる。

「な、なにをしているのですか、和香さんっ」

「あんな小娘なんかに負けないわ。私はしゃぶれるわよ……」

隣の若い女を、夫の浮気相手と重ねているようだ。

和香の手でペニスを引っ張り出された。当然のこと、弘樹のペニスはびんびんに勃起していた。

「ああ、頼もしいわね、幸田さん」

反《そ》り返《かえ》ったサオを白い指でぐいっとしごき、和香が熱いため息を洩らす。

「ああっ、和香さんっ……こんなところで、そんなっ」

ペニスを引っ張り出された弘樹の方が、あわてていた。

その先端に、乳房もあらわな上体を倒した和香が、舌をからめてきた。ぺろり、と舐めあげられる。

「ああっ……和香さんっ」

昨晩の和香とのキスがはじめてなら、もちろん、フェラもはじめてだった。

初体験のフェラは、想像の何倍も気持ちよかった。自分の手なんかではなく、女性の舌がねっとりと先端の敏感な部分を這い回っているのだ。

「ああ、ああっ……」

公園のベンチで、弘樹は女のような声をあげ、下半身をくねらせる。

「見ろよ、隣はしゃぶっているぜ」

と隣から大学生の声が聞こえてくる。ちらりと目を向けると、女の乳房を揉みつつ、うらやましそうにこちらを見ている。

和香が唇を開き、鎌首を咥《くわ》えてきた。先端全部が、和香の口の中に包まれる。

「ああっ……そんなっ……」

なんという快感。ＡＶでもフェラのシーンが大好きだったが、ついに、この俺が、しゃぶられる立場になるとは……。

フェラチオという言葉を知ったのは、いつだっただろうか。女の子がペニスを舐めてくれる性技があると知って、驚いたものだ。

「ほらっ、しゃぶれよ、リナ」

「いや……こんなところでなんて……ああ、私には無理だよ……」

「あっちを見ろよ。うまそうにしゃぶっているじゃないか」

隣からの声が、フェラの快感をさらに上げていく。和香の唇が、反り返った胴体を滑ってくる。根元近くまで咥えこまれる。そして、じゅるっと吸い上げられていく。

「ああっ、和香さんっ……ああっ」

ペニス全体が、和香の口の中で溶けてしまいそうだ。

自分でしごくのとはまったく違う快感に、弘樹は腰をくねらせ続ける。

「うんっ、うっんっ……うんっ……」

和香がペニスに沿って、美貌を上下させはじめた。

たわわな乳房が重たげに揺れる。それを、弘樹は摑んでいった。

すると、乳揉みが刺激となり、暴発させそうになる。あわてて、乳房から手を離す。

それでも、暴発の予感は治まらない。

「ああ、和香さんっ……そんなにされたら……ああ、出そうですっ」

弘樹はペニスを引こうとした。が、和香はがっちりと弘樹の腰を押さえて、ペニスを貪《むさぼ》り食っている。

「ああっ、だめですっ……ああっ」

気持ち良すぎたのはよかったが、弘樹ははやくも、和香の口に向かって、暴発させてしまう。

出るっ、と声をあげ、腰を震わせる。それでも和香は美貌を引かない。むしろ、上下動を激しくさせていた。

どくどくっ、どくどくっ、と二十五年溜まったものを、弘樹は人妻の喉に向かってぶちまけていった。同じ射精でも、ティッシュの中に出すのと、女性の口に出すのとでは、充実感がまったく違った。

やばい……と思いつつも、腰骨までとろけるような快感に、弘樹は身体を委ねていった。

和香が美貌をあげた。乱れ髪が、頬や唇の端にべったりとからみつき、ただでさえ色香あふれる美貌から、さらなる濃いフェロモンが出ていた。

すいません、と弘樹はスラックスのポケットから、あわててハンカチを出し、和香に渡そうとした。

が、その前に、和香が弘樹を見つめながら、白い喉を、ごくんと動かした。

まさか……飲んだのか……俺なんかのザーメンを……。

「すげえ、飲んでるぜ」

「うそ……ありえない……」

公園のベンチでバストもあらわにじゃれあうカップルでさえ、ザーメンを嚥下《えんげ》するのは、驚くことらしい。

「ああ、おいしかった……幸田さん」

熱い吐息を洩らすようにそう言いながら、和香は舌を出して、唇の端ににじんでいたザーメンをぺろりと舐めた。

「和香さんっ」

弘樹はあらたな衝動に煽られ、人妻に抱きついていく。乳房を掴み、もう片方の手で太腿を撫でていく。

乳房も太腿も、しっとりと手のひらに吸い付いてくる。やはり、人妻の柔肌は違う。とはいっても、和香の肌しか知らなかったが。

太腿を撫でていると、その付け根を触りたくなってくる。ショートパンツのジッパーを引き下げたくなってくる。

しかし、こんな場所では……でも、俺はすでにペニスを出してしまっている。

「あっ、だめ……あんっ、だめだよっ」

女の声に隣を見ると、男がミニの裾をたくしあげ、あらわになったパンティの中に指を入れていた。

「しゃぶらなかった罰だ、リナ」

「そんな……あっ、あんっ……ダメッ」

女が男にしがみついて、下半身をぴくぴくさせている。

負けてはならない、と弘樹は人妻のショートパンツのジッパーに手を掛けた。和香は、だめ、とは言わなかった。

思いきってぐっと引き下げる。そして、ジッパーの上のボタンを外した。フロント部分が左右にめくれ、外灯の下に、人妻のパンティがあらわれた。

ハイレグのパンティが恥部に食い入っていた。色は黒だった。フェロモンむんむんの人妻にはぴったりのパンティだ。

しかもハイレグの脇から、恥毛がわずかにはみ出てしまっていた。

弘樹は隣の男を真似て、パンティの脇から指を入れていった。

が、どこをどう触っていいのかわからず、パンティの中で、弘樹の指が右往左往してしまう。

「あんっ、じらさないで、幸田さん」

じらしているわけではない。わからないのだ。弘樹は隣の男の真似をやめて、パンティを下げていった。

「あっ、だめっ……脱がせちゃ、だめっ」

さすがの和香も、パンティまで下げられて、あわてていた。

大胆なフェラを見せたのがうそのように、全身で恥じらいはじめる。鎖骨まで赤くなっていった。

そんな和香に、弘樹はあらたな興奮を覚える。いきなり、恥毛に飾られた割れ目に、指を入れていった。

ずぶっと入った途端、熱い粘膜に迎えられた。

なんだこれはっ。肉の襞の群れが、弘樹の指にからみついてくる。そして、引きずりこみはじめる。

「あ、ああっ……だめだめ……」

和香は恥ずかしそうにかぶりを振りつつ、弘樹の手首を摑んでくる。が、和香のおま×こは、まさに弘樹の指を歓迎していた。

奥まで引きずり込み、きゅっきゅっと締め付けていた。

ああ、これがおま×こなんだ。なんて熱いんだろう。なんて締め付けなんだろう。

ここにペニスを入れたら、それはもう、気持ち良すぎて失神するかもしれない。

「あんっ、だめ……入れたのに、動かさないなんて、だめですっ」

和香に言われ、ただ指を入れたままでいることに気付く。あわてて、指を前後に動かしはじめる。

「あっ、ああっ……」

和香が敏感な反応を見せた。あごを反らし、火の喘ぎを洩らしつつ、はやくも七分《しちぶ》ほど勃起を取り戻しつつあるペニスを摑み、ぐいぐいしごきはじめた。

「クリも……ああ、クリも……おねがい、幸田さん」

「ク、クリ……はい、わかりました」

手は二つあるのだから、二つ同時に使わないといけない。さんざんAVを見てきて、わかっているはずなのに、やはり、リアルではうまく動けない。

弘樹は右手の人差し指で和香の媚肉をまさぐりながら、左手の指で、クリトリスを摘んでいった。

すると、ぴくんっと下半身を震わせ、和香がはあっんっ、と甲高い声をあげた。と同時に、媚肉が強烈に締まりはじめた。

「和香さん……」

「あ、ああ……幸田さん……あふ、ああんっ」

和香がねっとりと潤んだ瞳で弘樹を見つめてくる。

その目が、唇が、そしてなにより、おま×こが、弘樹のペニスを欲しがっているように感じた。

「ああ、和香さんっ……ああ、そんなに……し、しごかないでくださいっ」

弘樹のペニスはさっき和香の口に出したのがうそのように、びんびんになっていた。

「ああ……ああっ……幸田さん……」

和香は全身で、入れて、と言っていた。

弘樹のペニスも和香のぬかるみに入りたがっていた。ついに、ここで、童貞を卒業するのか。まさか、相手が人妻で、場所が公園だとは。思春期からずっと思い描いていた、初体験の場面とはかなり違っていた。

しかし、どうやって入れたらいいのかわからない。ベッドの上なら、普通に正常位で繋がればいいが、ベンチの上でお互い座った状態からだと、難度が高かった。

「あうっ、ああっ……」

どうやって入れようかと考えながら、弘樹は和香の媚肉をいじり、クリトリスを摘み続ける。その間も、和香はぐいぐいペニスをしごいていた。

自分からベンチに座っている和香に繋がっていくのか、それとも、和香をこちらに跨がらせるか。

どちらがいいのだろう。こちらから繋がっていくのは、難度が高いだろう。やはり、和香から跨がってきてもらった方が……あっ、ああっ……だめだっ、出そうだっ。

「和香さんっ、ひっ、そんなにしごかないでっ……あぐう、出るっ」

弘樹は二発目を宙に放っていた。

勢いよく噴き出したザーメンが、汗ばんだ和香の乳房にかかっていった。

「あっ……」

どくっどくっ、ととがった乳首を白く汚していく。めくれたタンクトップにも、べったりとザーメンがかかっていく。

「ああ、すいませんっ、和香さんっ」

初体験どころか、ザーメンを人妻に掛けてしまった。

和香は妖しく潤ませた瞳で、弘樹を見つめながら、乳首に掛かったザーメンを指で掬《すく》い、半開きの唇へと持って行った。

そして、ちゅうっと吸っていく。

「ああ、和香さん……」

萎えかかった弘樹のペニスがひくついた。

第二章　モテの連鎖

1

　弘樹は駅の階段を二段跳びで駆け上がり、ぎりぎり電車に滑り込んだ。

　閉まったドアに両手をつき、ぜいぜいと荒い息を吐く。時計を見る。あと十五分で始業時間である。

　ここは地元の東京郊外の駅。とてもじゃないが間に合わない。完全な遅刻である。

　昨夜、公園で和香の口に一発、そして手こきでもう一発出した後、自宅に戻ってさらに二発、和香の乳房の感触やフェラの感覚を思い出しつつ、抜いていた。

　ひと晩で四発など、高校生の頃だって経験がなかった。

　なんとも幸せな気分で眠ったツケがこれだった。

社会人になってはじめての遅刻の理由が、四発抜いたから、というのはなんとも情けない。エッチで四発出したのなら、まだ、どうにか自分に言い訳がつく。最初の口内発射はいいとしても、後の三発は手こきであった。それで遅刻とは……。

ターミナル駅で電車を降り、乗り換えのために、別のホームへと向かう。いつもより一時間ほど遅いだけで、混雑はかなり緩和されていた。

重役出勤なら通勤も楽なのにな、と思いつつ、連絡通路を歩いていると、幸田くんっ、と声を掛けられた。

女性の声だった。足を止めて振り返ったが、周囲に見知った顔はない。

が、一人の女性が笑顔で、こちらに近寄ってきた。とてもお洒落《しゃれ》な出で立ちで、普通のＯＬには見えない。背が高めですらりとしたプロポーションはモデルのようだ。

見覚えがあるようなないような、誰だっけ、と思いながら、その女性を見ていると、

「やっぱり、幸田くんだ。変わらないね」

お洒落な女性が弘樹の前で立ち止まって、そう言った。

その女性はかなりの美人だった。とても華やかな雰囲気をまとっている。すれ違う男たちが、ちらちらと彼女を見ていた。

「もしかして、私のこと、わからないの？」

「すいません……」

「藤野《ふじの》だよ。藤野美沙《みさ》」

「えっ……藤野先輩ですかっ」

高校の二つ上の先輩だった。弘樹の母校では授業の一環として、生徒はなにか一つクラブに入らなくてはならなかったのだが、弘樹は陸上クラブを選んだ。同じクラスの、真部由梨《まなべゆり》という美人が、陸上クラブに入ると知ったからだ。

その陸上クラブに、藤野美沙がいた。

最初の日、はじめて見た時から、美沙は憧れの対象となった。

白のTシャツに白のショートパンツ。他の女子と同じ恰好《かっこう》だったが、美沙だけとても洗練されて見えていた。

とにかく彼女はスタイルが抜群だった。手足が長く、ほっそりしていながら、Tシャツの胸元は高く張っていた。

そしてなにより、美人だった。もともとの目的だった真部由梨が霞《かす》んで見えた。

授業の一環のクラブ活動は、週に一回だけ。本格的な部活動とは違う。

弘樹は週に一度のクラブの時間が、とても楽しみとなった。皆はそれぞれ、ハードルをやったり、走り幅跳びをやったり、ハイジャンプをやったりしていたが、弘樹はいつも美沙と同じ競技をやっていた。

クラブでは普通の授業と違い、先輩が指導してくれるのだ。美沙は面倒見が良く、一年生の弘樹にも手取り足取り教えてくれた。

そのたびに、体操着越しに美沙の肉体を想像して、弘樹は密かに股間を熱くしていた。

美沙と出会った日から、オナニーの対象はずっと美沙だったが、美沙には彼氏がいた。イケメンでスポーツマン。美沙とはお似合いのカップルだった。二人でいっしょに帰宅する姿をよく見掛けたが、絵になりすぎて、文句も浮かばなかった。

「幸田くんは、高校の頃と変わらないね」

高校時代から美人だったが、さらに洗練されていい女になった美沙を、弘樹は呆然と見つめていた。

「私、いま出張で東京に来ているの。よかったら今夜、食事でもどう？」

「は、はいっ。もちろんですっ」

名刺を交換しあい、その場で別れた。

美沙はアパレルの会社に勤めているらしい。名刺の勤め先は、弘樹が転勤になる九州北部の都市になっていた。

いつもより一時間ほど遅く出勤したから、ターミナル駅で、美沙と偶然出会えていた。普段通りに出勤していたら、再会できなかっただろう。

なんという僥倖。昨夜、公園で和香の乳房を揉み、クリとおま×こをいじったから、美沙とも再会することが出来たのだ。

いい感じで連鎖している。モテの連鎖だ。

本社ビルに急いで向かうと、正面玄関前のテラスに人が集まっていた。なんだろうと近寄ると、雑誌向けのインタビューが行われていた。文化人が、好きなK食品の製品を語るという企画らしい。

聞き手を、広報の島谷美咲がやっていた。純白のブラウスに紺のスカートというシンプルなものだったが、美咲はとても輝いて見えていた。

当然のこと、課長からは遅刻したことを叱られたが、弘樹は右から左へと聞き流していた。

お説教がすむと河村純子と備品室に入り、なにがどこにあるか、どれが大事かを説明しつつ、整理する作業に取りかかる。

純子は今日もさわやかだった。清楚な笑顔がなんとも素敵だ。そういえば、純子は処女なのだろうか、と考える。

これだけの美人だから、これまで彼氏がいないとは考えづらかったが、純子のあそこに、男のペニスが入っている姿を想像するのはさらに難しかった。

2

「もう一軒、付き合ってくれるかな」

「大丈夫ですけど、店はまだ開いてますかね？」

「じゃあ、私が泊まっているホテルのバーに行こうか」

「え……あ、はいっ」

すでに午前零時をまわっていた。

仕事が遅くなった美沙とは、十時過ぎにイタリアンレストランで会った。そこで一時間ばかり食事をした後、別の居酒屋で飲んでいたところだ。

今日はここでお開きかな、と考えていた矢先の、美沙からの意外な誘いに戸惑ったものの、弘樹は即答でうなずいていた。

「あのホテルに泊まっているのよ」

と美沙が駅近くの高層ビルを指差す。二十階までがオフィスになっていて、そこから上の十五階分がホテルになっていた。

ふと、弘樹の脳裏に、ホテルの一室で美沙と抱き合っている自分の姿が浮かぶ。

美沙は二十七歳にして、すでにバツイチとなっていた。高校時代に付き合っていたイケメンスポーツマンと大学卒業と同時に結婚したが、イケメンの浮気が原因で、半年前に別れたばかりだと、ハイボールをごくごく飲みながら、そう話した。

九州北部の都市には、離婚してすぐに転勤になったそうだ。デパートの中のレディスのショップを任されているらしい。

二人はホテルの高層ビルの最上階にあるバーに入った。チャージ料が高そうだ、と弘樹は思った。

都心を見下ろせる窓際の席には、ずらりとカップルが並んでいた。しかも、若い男女は少なく、中年男と部下のOL風の女の組み合わせが多かった。このような場所にまったく縁がなかった弘樹は、オジサンたちもよろしくやっているんだな、と妙に感心した。

カウンターに座ってウィスキーの水割りを頼むと、美沙はジャケットを脱いだ。

すると、なんとも眩《まぶ》しい二の腕があらわれた。

ジャケットの下のブラウスはノースリーブだったのだ。ジャケットの中で籠《こも》っていた体臭が、弘樹の鼻孔を甘くくすぐってきた。一日働いてきた汗の匂いだ。それは、弘樹の股間にびんびん響く薫りであった。

匂いだけでも、美沙は大人の女性になったな、と思う。

高校生の陸上クラブの時、Tシャツとショートパンツ姿の美沙から薫ってきた汗の匂いは、蒼い果実のようだった。

けれど今、ホテルのバーで薫ってくる匂いは、股間を直撃する熟れた果実の匂いに変わっている。

美沙と弘樹の前に、水割りのグラスが置かれる。

あらためて乾杯しようとすると、ちょっと待って、と美沙が両手を頭の上にあげて、アップにしていた髪から髪留めを外した。

弘樹の目は、突然あらわになった腋《わき》の下に釘付けとなっていた。

手入れの行き届いた腋のくぼみは、わずかに汗ばんでいた。

思わず、そこに顔を埋めて、匂いを嗅ぎたくなっていた。

茶色の髪がふわりと落ちてくる。

「さあ、飲みましょう」

乾杯、とグラスを合わせる。胸元に目が向かう。ブラウスは高く張っていた。ストゥールに腰掛けているため、スカートはたくしあがり、なんともおいしそうな太腿が半分近くあらわになっている。

当たり前だが、あきらかに高校生の時の美沙とは、太腿も違っていた。

「高校生の頃、藤村さんのこと、ずっと憧れていたんですよ」

「へえ、そうなの」

「でも、すでにイケメンの彼氏がいましたからねえ」

「今は、いないわよ、幸田くん」

そう言って、美沙が弘樹を見つめてくる。美しい大きな黒目で見つめられると、吸い込まれそうになる。

「そ、そうですね……」

太腿に手を伸ばしたくなる。なんとなくだったが、拒否されない気がする。

「幸田くんは、彼女はいるの？」

「いいえ、いません……結局、本社では彼女出来ず終《じま》いでした」

和香とはキスをして、口内発射までしていたが、彼女とは呼べないだろう。

「あと一ヶ月、頑張ってみなさいよ」

美沙にはすでに、九州北部の都市に転勤になったことは話してあった。これからは向こうで会えるね、と美沙は喜んでくれた。

「東京に出てきて七年間、彼女が出来なかったのに、急に出来るわけありませんよ」

と弘樹は思わず、そう言っていた。

「えっ……七年も……彼女いないの？」

まずい、と思った。が、今さら取り消せない。

「はい……」

「もしかして、幸田くん……」

どうてい？　とやや厚ぼったい唇が、そう動いた。

弘樹はうなずいた。あら、という目で美沙が弘樹を見た。

気のせいか、黒目が光ったように見えた。

「あの、そろそろ、終電が近いんで」

と弘樹は立ち上がろうとした。すると、だめ、と美沙が弘樹の太腿に手を置いてきた。スラックス越しだったが、ぞくりとした。

「まだいいでしょう。久しぶりに会った先輩を、一人にして帰るのかしら」

そう言いながら、美沙がスラックスを股間に向けて、なぞりあげてくる。

「そ、そうですね……す、すいません……気が……きかなくて……」

「そうよ。気がきかないから……」

童貞なのよ、と美沙の唇が動き、そして、スラックス越しにペニスを撫でてきた。

「あっ……藤野さん……」

ひと撫でされた瞬間、弘樹は勃起させていた。こちこちになる。

「あと一杯飲んだら、四次会に行きましょ。幸田くん」

「四、四次会ですか……もちろん……ああ、お付き合いします」

終電が近づいているような時間に、ホテルを出てどこかに行くとは考えられない。

ということは……。

あっ……うそだろう……スラックスのジッパーが下げられている。

弘樹は目の前に置かれたあらたな水割りをがぶ飲みする。

美沙はバーテンと雑談を交わしつつ、スラックスの中に手を入れてきた。もっこりとしたブリーフの上から掴んでくる。

大胆過ぎる美沙に、弘樹は圧倒されっ放しだ。先輩が高校を卒業してから、この八年の間に、一気に差をつけられた感じだった。

美沙はバツイチ。それに対して弘樹は、おととい初めてキスを知ったばかりだ。八年たっても、高校の頃とあまり変わっていない。

美沙が水割りを飲み干した。

「さあ、四次会よ、幸田くん」

そう言って、ストゥールから立ち上がる。

ここの払いは俺が、と思い、あわてて立ち上がろうとして、ジッパーが下がったままなのに気付く。

会計に行くと、すでに支払いは済まされていた。

「すいません、ありがとうございます、藤野さん。あの、四次会は僕が奢《おご》りますから」

エレベーターの前に立つ美沙に、弘樹は駆け寄っていく。

「あら、そう。うれしいわ」

扉が開き、美沙が入る。弘樹も後に従う。扉が閉まると、箱の空気がいきなり濃密になった。

美沙の匂い。美沙の二の腕。美沙の太腿。

すべてが弘樹に迫ってくる。

美沙が白い指で、三十階のボタンを押す。

「あ、あの……四次会は……」

「私の部屋に、決まっているでしょう」

「先輩の……部屋ですか……」

もしや、とは思ってはいたが、それが現実のものとなると、弘樹は一気に緊張する。

瞬く間に三十階に着く。扉が開いて、美沙が出る。先を歩く。

自然と弘樹の目は、タイトスカートが貼り付く臀部に向けられる。

美沙の双臀はむっちりと盛り上がっていて、タイトミニがそこにぴたっと貼り付いている。

当然のことながら、長い足を運ぶたびに、ぷりっぷりっとしたうねりを見せている。

パンティの影は見えない。Tバックかもしれないと思い、ごくりと生唾《なまつば》を飲む。

角の部屋に美沙が入っていった。失礼します、と弘樹も入る。

3

コーナーダブルの部屋は、なかなか広かった。美沙は窓の前に立っていた。夜景を見下ろしている。

弘樹は近寄っていく。どう考えても、背後からそっと抱きしめるのが常識だろう。バツイチの先輩が、部屋に誘っているのだ。

弘樹は美沙に迫る。背後から華奢な背中を抱こうとしたが、直前で手が止まる。

すると、うふふ、と美沙が笑った。

「幸田くん、すごく困った顔をしているんだもの。おかしくて」

そう言って美沙が窓ガラスを指さす。部屋は明るく、外は暗い。夜景はほとんど見えず、窓に弘樹の間抜け面《づら》が映っていた。

「やっぱり、本当に童貞なのね」

そう言いながら振り向くと、美沙が唇を寄せてきた。あっと思った時には、ぬらりと美沙の舌が入ってきていた。

藤野先輩とキスをしているっ。舌をからめているっ。

弘樹の脳裏に、高校時代の美沙の姿が浮かび上がる。

陸上クラブだけしか接点はなかったから、美沙と言えば、Tシャツにショートパンツ姿だった。そしていつも、そのすらりと長い足を、砂だらけにしている印象が強かった。

そんな健康美に溢《あふ》れていた先輩が、熟れた口づけをしてくれているのだ。

美沙の唾液も甘かったが、人妻の和香の唾液の味とはまた違っていた。

舌をからめつつ、スラックスのベルトを弛《ゆる》められ、ジッパーを下げられていく。

唾液の糸を引くように唇を離すと、美沙がその場にしゃがんだ。スラックスとブリーフを一気に引き下げる。

「あっ、だめですっ、先輩っ」

美沙の鼻先に、ペニスがあらわれた。

「童貞のくせして、なかなかりっぱじゃないの」

そう言うと、いきなり先端にくちづけてきた。

「ああっ……そんなっ……」

高校生の頃の美沙しか知らないだけに、弘樹は面食らう。

美沙が反り返った肉茎を、白い指で摑んできた。ぐいっとしごいてくる。

「ああ……」

それだけでも、弘樹は腰を震わせる。

「あら、これ、なにかしら」

はやくも鈴口から、先走りの汁がにじみ出していた。

「ああ、すいません、先輩……」

腰を引こうとすると、美沙が首を差し伸べ、ピンクの舌でぺろりと舐めてきた。

「あっ……そんなっ……ああ、汚いですっ」

「あら、幸田くんのお汁って、汚いのかしら」

からかうような眼差しを弘樹に向けつつ、美沙がぺろぺろと鈴口を舐めてくる。

あまりに刺激が強くて、舐め取った先から、じわっと汁がにじんでいく。それをまた、美沙が舐め取っていく。

きりがないわね、と美沙が先端を咥えてきた。

ああ……藤野先輩が……ああ、高校時代の憧れの先輩が……ああ、今、俺のペニスを……ああ、しゃぶっている……。

美沙は根元近くまで呑み込むと、優美な頬を窪《くぼ》ませ、吸い上げてくる。

「うんっ、うっんっ……」

悩ましげな吐息を洩らし、美沙が美貌を上下させる。

「ああ、先輩……ああ、いけません……」

弘樹は女のように腰をくなくなさせる。その姿が、窓に映っている。

このままだと、美沙の口に出してしまう。まだ、美沙とはキスをしただけなのだ。

いくら童貞とはいっても、早すぎる。

暴発の危険を察知した弘樹は、あわてて、腰を引いた。

美沙の唇から飛び出たペニスが、ぷるんっと跳ねた。

「あん、出してもよかったのに、幸田くん」

そう言いながら、美沙が立ち上がる。

たった今まで弘樹のち×ぽをしゃぶっていた唇は、ねっとりと絖って、なんともエロかった。

今度は弘樹の方からキスしていった。すぐに、ぬらりと美沙の舌がからんでくる。と同時に、唾液まみれのペニスをぐいっとしごかれた。

このままでは押されるばかりだ、と弘樹は反撃に出た。

ブラウスの高く張った胸元を、揉みしだいていく。すると、それだけで、美沙がぴくっと敏感な反応を見せた。

恐らく、バーでブリーフ越しに撫で、さらに今、ペニスをしゃぶったことで、美沙の身体もかなり火照っているんだなと思った。

弘樹はブラウスのボタンを外していく。その間も、美沙はペニスをしごいていた。

自分でしごくのとはまったく違う快感に、弘樹は腰をくねらせてしまう。

ブラに包まれたバストの隆起があらわれた。ブラはハーフカップで、魅惑のふくらみが半分近くあらわとなっている。

ブラの上から、弘樹はあらためて美沙の胸を摑んでいった。

「あっ、ああっ……」

美沙がぴくぴくっと上体を震わせ、甘い喘ぎを洩らす。

恐らくとがった乳首が、ブラカップにこすれているのでは、と弘樹は推理する。

さらにブラの上から摑んでいると、美沙が自ら両手を背中にまわし、ホックを外していった。

助かった、と思った。背後にまわらず、正面から手を伸ばして、ブラジャーを外す自信はまったく無かったのだ。

ブラカップが乳房に押されるようにして、めくれていった。

「ああ、先輩……」

美沙の乳房はなんとも豊かだった。弘樹の目の前で、ぷるんっと重たげに揺れる。

やはり、乳首はつんとしこりきっていた。

今度はじかに摑んでいく。五本の指を、やわらかなふくらみに食い込ませながら、手のひらで乳首を押し潰していく。

「あっ、はあんっ……幸田くんっ」

弘樹の拙い愛撫に感じてくれているのはいいのだが、ああっ、と声をあげつつ、ぐいぐいペニスをしごいてくるのが困る。

弘樹は右手で乳房を揉みつつ、左手で美沙の手をペニスから離していく。

そして左手でも、もう片方の乳房を摑んでいった。左右の手で、左右のふくらみを揉みしだいていく。

「ああっ、ああっ……」

美沙が火の喘ぎを洩らし、ブラウスの前をはだけた悩ましい肢体をくねらせる。

乳房の揉み心地は極上だった。和香の乳房より、ぷりっとした弾力が強かった。

「ああ……揉むだけじゃなくて……ああ、吸って……」

美沙がじれたような顔で、そう言う。

弘樹は右手を乳房から引いた。乳首はさらにしこっていた。そこに、吸い付いていく。とがった乳首の根元を唇で挟み、じゅるっと吸い上げる。

「あっ、はあんっ……」

美沙が敏感な反応を見せてくれる。それに煽られ、弘樹はべろべろと乳首をなぎ倒すように、舌で責める。

「あんっ、あんっ……やんっ……」

美沙がなんとも愛らしい声で泣く。

ああ、先輩がこんな声を出すなんて……この俺が憧れの先輩を泣かせてしまっているなんて……。

右の乳房から顔をあげ、今度は左の乳首に舌をからめていく。と同時に、唾液まみれの右の乳首を摘み、こりこりところがしていく。

ああっ、と声をあげつつ、再び美沙がペニスを摑んできた。ぐいっと強くしごきたてられる。

どうやら、感じすぎてふらつくと、支えを求めるようにペニスを摑んでくるようだった。これはベッドに寝かせるのが先決だと思い、美沙のくびれた腰に手をまわすと、ダブルベッドへと導いていく。

美沙はふらつきつつも、ペニスをしっかりと握ったまま、ダブルベッドに近寄る。

4

「皺《しわ》になるといけないから……全部、脱ぐわ」

そう言って、美沙がブラウスを脱ぎ、タイトミニを下げていく。

弘樹の目の前に、美沙のパンティがあらわれた。黒いメッシュで、網目からは恥毛が何本かはみ出ている。

「先輩が……そんなパンティを穿いていたなんて……」

「高校の頃は、さすがに穿いていないわよ」

それはそうだろうが、ショートパンツの下に、こんなセクシーなパンティを穿いて、走り幅跳びをやっていたような錯覚をおぼえてしまう。

バツイチとなっても、弘樹の中では、藤野美沙は高校の時の先輩なのだ。

「なにしているの。幸田くんもはやく脱いで」

はいっ、とあわててジャケットを脱ぎ、ネクタイを外し、ワイシャツを脱ぐ。

美沙はそんな弘樹を、メッシュのパンティ一枚で見つめている。

すでにスラックスとトランクスは下げられている。勃起したままのペニスが、パンティだけの美沙を目にして、ひくひく動いている。

全部脱ぐと、美沙がダブルベッドに上がった。正座をする。

弘樹も上がり、美沙の隣に腰を下ろす。

「こんなりっぱなものを、二十五年も使っていないなんて、宝の持ち腐れね」

そう言うと、再び、美沙が弘樹の股間に美貌を埋めてきた。先端はもちろん、反り返った胴体まで、美沙の口の粘膜に包まれていく。

「ああっ、先輩っ……」

弘樹の視線の先には、美沙の華奢な背中がある。

腰が折れそうなほどくびれているため、双臀が余計、むちっと張って見える。

なんとも極上の曲線美だ。

「ああ、おいしいわ、幸田くん」

股間から美貌をあげ、美沙が甘くかすれた声でそう言う。

弘樹は美沙に抱きつき、そのまま押し倒していく。

あんっ、と豊満な乳房が上下左右に弾む。弘樹はその魅惑の谷間に顔を押しつけていった。甘い体臭に顔面が包まれていく。

弘樹は息継ぎするように顔を起こすと、下半身へと下がった。先輩の股間に貼り付くメッシュのパンティに手を掛ける。

「ああ、明るいわ……」

「このままで、お願いします。先輩のあそこを、見たいんです」

「ああ、先輩はやめて……美沙って、呼んで」

「美沙さん……」

先輩の名を呼びつつ、弘樹はパンティを下げていく。すると、天井からの明かりの下に、美沙の翳《かげ》りがあらわれた。

さすがに恥ずかしいのか、あんっ、と甘い声をあげて、両手で恥部を隠した。

「見せてください、美沙さん。はじめてなんです。じっくり見たいんです」

すでに童貞だとは知られてしまっている。それに相手は先輩だ。なにも、見栄を張る必要はない。

それよりも、ここでじっくりと生身の女体を研究して、可能性が残る椎名瑞穂との初エッチに備えたい。

「明かりを消して……」

だめです、と弘樹は美沙の両手首を摑み、ぐぐっと腰骨へとずらしていく。

「あんっ、いじわるなのね……」

美沙は鎖骨辺りまで羞恥色に染めつつも、弘樹に一番恥ずかしい部分を見せる気になったようだ。

美沙の翳りは、手入れでもされているように綺麗に恥丘を飾っていた。

弘樹はごくりと生唾を飲み、蠱惑《こわく》の中心部に触れていく。

絹のような手触りに、感激する。

「綺麗ですね、美沙さんのヘアー」

「ああ……恥ずかしい……」

弘樹は割れ目に指を添えると、くつろげていった。

「あっ……うそっ」

弘樹の目の前に、先輩の花園があらわれる。

薔薇の花びらを思わせる媚肉を、食い入るように見つめる。

花園でじかに視線を感じるのか、肉の襞《ひだ》の連なりが、きゅきゅっ、きゅきゅきゅっと収縮を見せている。

じっと見ていると、なにかを突っ込みたくなる。

弘樹は思わず、人差し指を入れていた。

「あっ……」

美沙の下半身がぴくっと動き、薔薇の花びらが、人差し指にからみついてくる。

「熱いですね……ああ、おま×こって、こんなに熱いんですね」

「あ、ふあ……幸田くんに……ああ、いじられているなんて……ああ、うそみたい」

「ぼ、僕もです、先輩」

弘樹は奥まで指を入れていく。すると、媚肉の締まりが強くなる。美沙の中はしっとりと潤《うるお》っていた。

「舐めてもいいですか」

「あんっ、だめよ……シャワーを使ってから」

だめよ、と言いつつ、媚肉がきゅきゅっと締まる。

「美沙さんのおま×こは、舐めて欲しいって言っていますよ」

「そんな……うそばっかり……」

弘樹は指を抜いた。爪先から付け根まで、愛液でねとねとに絖っている。

すぐに割れ目が閉じようとする。弘樹はそれをぐっと開くと、顔を埋めていった。

「あっ、だめっ……」

美沙の下半身が逃げようとした。弘樹は腰骨を強く摑み、熱いぬかるみに舌を入れていく。

「んっ、あうっ……意外と……ああ、強引なのね……幸田くん……」

弘樹自身も、自分の行動に驚いていた。椎名瑞穂の処女を頂く、という話がなかったら、明かりを消してと言われた時、素直に従っていたかもしれない。

瑞穂のことが頭にあり、弘樹にしては強引に美沙のおま×こを観察していた。

媚肉に舌を埋め込み、舐めあげていく。

「あっ……はあんっ……ああっ、恥ずかしいっ……こ、幸田くんに……ああ、舐められているなんて……ああ、ありえない……」

弘樹自身が、高校時代の美沙を思い出して興奮しているのと同じように、美沙も高校時代の弘樹を思い出しているようだった。

憧れの目で、じっと自分を見ていた弘樹の童貞顔を、覚えているのだろう。

舐めれば舐めるほど、じわっと愛液がにじみ出てきた。

「あひんっ……舐めるだけじゃ、いや……クリを……いっしょに……」

また、一つのことだけに集中してしまった。両手が空いているのだ。それを駆使しなければならない。

弘樹はべろべろと花園に舌を這わせつつ、クリトリスを摘んだ。それだけで、美沙の下半身がぴくぴくっと動いた。

「あっ、うんっ……あんっ……舌がエッチっ……ああ、童貞のくせして……舐めるの、上手なんだからぁ」

美沙の裸体が股間を支点にうねっている。

童貞のくせしては余計だが、誉められればうれしい。

弘樹は顔をあげた。クリトリスはいじり続けている。すぐに閉じようとする割れ目を指で押さえ、ぐぐっと開く。

美沙のおま×こは発情していた。ピンクから濃いめの赤に変わり、大量の愛液まみれとなっている。乱れた薔薇の花びらが、欲しそうに蠢《うごめ》いている。

5

「さあ、来て……ああ、私のお、おま×こで……ああ、男になって……幸田くん」

「美沙先輩……」

弘樹は美沙の股間にペニスの先端を当てていった。先端は、我慢汁で白くなっている。まずは、閉じてしまった割れ目に、鎌首を押しつけていく。

が、やはり、的を外してしまい、ぬるっと鎌首が割れ目から出た。弘樹はもう一度、突いていく。

だめだった。ぬらりと出てしまう。

「やあっ、じらさないで、幸田くん……」

と美沙が下半身をくねらせ、鼻をむずかるように鳴らす。

じらしているわけではない。挿入する気は満々なのだ。

美沙が最初の女でよかったと思う。瑞穂相手であったら、すでにパニックになっていただろう。そもそも、こんなに明るい中でエッチは出来なかっただろう。暗がりで入れるなんて、出来るのだろうか。

「ああ、入れて、幸田くん……ほ、欲しいの」

美沙相手でもさすがにあせってくる。狙いをきちんと定めることにして、割れ目をくつろげていく。美沙の穴も、はやくぶちこんでと蠢いている。

ここだ。ここに入れればいいのだ。

弘樹は穴だけを見て、ペニスを突き出していった。すると、ぐぐっと先端がめりこんでいった。

「あっ……ああっ……」

ずぶり、と鎌首が入っていく。それと同時に、燃えるような肉襞が、鎌首にからみついてきた。

「くふう、熱いです、美沙さんっ……ああ、ち×ぽが熱いですっ」

「もっと、奥まで……」

はい、と弘樹はずぶずぶっとペニスを突き入れていく。

「ああっ、硬いっ……あふあっ、幸田くんのおち×ぽ、すごく硬いのぉ」

美沙の唇から、おち×ぽ、という言葉が出て、弘樹はさらに興奮する。

「ああ、先輩……ああ、これがおま×こなんですね」

「どうかしら……ああ、想像と……ああっんっ、違っていたかしら……あ、おおっ……あっんっ」

火の喘ぎ混じりに、美沙が聞く。

「ああ、想像以上ですっ……うう、おま×こって……ああ、生きているんですね」

「当たり前でしょう……あっ、ああっ……私の……あうっ、一部なのよ……ああ、大切な一部……ああ、そこを……ああ、幸田くんが……あん、硬いおち×ぽで……塞いでいるのよ」

汗に洗われた美沙の顔は、いつも以上に輝いて見えた。

綺麗だった。弘樹のペニスに貫かれて、淫らな喘ぎを洩らしている美沙は、例えようのないくらい美しかった。

「あんっ、またじらしているのね……ああ、突いて……んふうっ、たくさん突いてっ」

弘樹は奥まで串刺しにしたことで、満足していた。

くびれた腰を摑み、抜き差しをはじめる。

「あっ、もっと、強くっ……ああっ、幸田くんっ」

美沙の締め付けは強く、思うように抜き差し出来ない。それに、あまり激しく動かすと、すぐに出そうで怖かった。

「あんっ、最初から……ああ、私をよがらせようなんて……ああ、そんな野望を……抱いては……ああ、だめよ……す、すぐに出してもいいから……ふあああ、強く突いてぇっ……」

「わかりました、先輩」

弘樹は思いのたけをぶつけるように、力強く突いていった。

「あっ、あおおっ、そうよっ……ひああ、いい、いいっ……あぁ、幸田くんの……あぁ、おち×ぽ、いいわっ」

豊満な乳房を上下左右に揺らしながら、美沙が悩ましい声で泣く。

ああ、この俺が、ペニス一本で、憧れの美沙先輩を泣かせているんだ。

感激だった。まさに、男になった気がした。

「くああっ、出そうですっ」

突きの力を緩《ゆる》めそうになる。だって、一秒でも長く、美沙のおま×こに入れていたいのだ。

「緩めちゃだめっ……ああ、突いて突いてっ……ああ、美沙のおま×こ、突きまくってぇっ」

はいっ、と暴発覚悟でとどめを刺すように、弘樹はぐいっとえぐっていった。

「ああっ……」

おま×こがさらに締まり、ペニスの根元を握り締められる錯覚を感じた。

その瞬間、弘樹は射精させていた。

おうおうっ、とうなりつつ、腰を震わせる。どくっ、どくどくっ、と飛沫《しぶき》が噴き上がり、美沙の子宮を叩いていった。

「あっ、んあああっ……あああああっ……」

美沙の上体が弓なりに反った。どっと汗が噴き出し、火照った裸体があぶら汗まみれになる。

大量のザーメンを先輩の中に注ぎ込んだ弘樹は、繋がったまま、上体を倒していった。胸板で汗でぬらぬらの美沙の乳房を押し潰す。

乳首も潰され、はあっ、と熱い吐息を洩らした美沙が、しなやかな両腕を伸ばし、弘樹の二の腕にしがみついてきた。と同時に、あぶらの乗った太腿で腰を挟み込んでくる。密着度百パーセントとなる。

どちらともなく、キスをした。舌と舌とがねっとりとからみあう。

すると美沙の中で、弘樹のペニスがぴくっと動いた。

「ああ、今、動いたわ、幸田くん」

「ありがとうございます、美沙先輩……ああ、やっと男になりました」

「よかったわね」

「ああ、先輩が最初の女性で良かったです。ああ、最高です」

ぴくぴくっとペニスが動く。そこを、美沙の媚肉がきゅきゅっと締めてくる。

「あっ……もう……大きく……なってきました」

「ああ、そうね……強いのね、幸田くん」

美沙の唇から発せられた、強い、という響きがたまらない。

美沙がしがみついたまま、裸体の向きを変えようとしてきた。あっ、と思った時には、繋がったまま、弘樹はダブルベッドの上で、ごろりとひっくり返っていた。

上になった美沙が上体を起こしていく。

下から見上げる美沙の乳房は、またなんとも素晴らしい形を見せていた。底の丸みがそそる。

美沙が媚肉でペニスの根元を締め上げながら、腰をうねらせはじめる。

「ああっ、せ、先輩っ……」

美沙の中で、弘樹のペニスがさらに力を帯びていく。

「いいわ、幸田くん……」

美沙の腰のうねりが大胆になっていく。それにつれて、完全に勃起を取り戻した弘樹のペニスが、斜めに倒されたまま、のの字を描くように動かされていく。

これまでとは違った快感に、弘樹は腰を震わせる。

美沙が少し上体を倒してきた。乳房の量感が増す。それを弘樹が下から摑みあげていく。ぐにゅっと指をめりこませる。

「ああっ……」

美沙があごを反らす。

あぶら汗でぬらぬらの乳房の感触が、またそそる。

「ああ、すごい……もっと大きくなってきたわ……突いて……んはあ、下から突き上げて、幸田くん」

はい、と弘樹は乳房をこねるように揉みしだきながら、ぐいぐいっと突き上げはじめる。

「ひっ……すごいっ……ああ、すごいわっ……ああ、おち×ぽいいっ……」

突き上げるたびに、美沙が上体を反らしていく。重たげに揺れる乳房が、弘樹の手から離れていく。

出したばかりということ、そしてなにより男になった自信から、弘樹は余裕を持って美沙の媚肉を突き上げていた。

「ああっ、ああっ……いい、いいっ」

美沙の上体がぐぐっと反る。乳房の形がさらに美しく映える。

美沙が腰のうねりを再開した。さっきよりさらに貪欲に、のの字にうねらせてくる。

そこを弘樹は突き上げていく。

「うああっ、美沙さんっ……ち×ぽがっ……ああ、ねじれるっ」

「もっとっ……あおお、もっと突いてっ……」

「美沙さんっ」

余裕だったはずが、美沙の強烈な締め付けに、弘樹はあせりはじめる。少しでも長く美沙の媚肉に包まれていたいと、突きが弱めになっていく。

「だめっ……弱めちゃだめっ……ああ、男なら、ずっと強くなきゃ、だめよっ」

「はいっ、先輩っ」

男にしてくださった美沙先輩に感謝を込めて、弘樹は歯を食いしばり、渾身《こんしん》の力で突いていく。

「ああっ、そうっ、そうよっ……ああいいっ、おち×ぽいいっ」

いいっ、と叫ぶたびに、蜜壺が強烈に締まる。

「あっ、もうだめですっ……また、出そうですっ」

「いいわっ、出してっ……ああ、いっぱい出して、幸田くんっ」

「美沙せんぱいっ」

弘樹は吠えて、二発めの飛沫を真上に向けて放っていた。

第三章　自宅で痴態に酔う女

1

明くる日の午後十時過ぎ——弘樹はコンビニに入った。

「いらっしゃい……ませ……」

レジにいた瑞穂が、笑顔を引きつらせ、そして弘樹から視線をそらした。が、すぐに大きな瞳を向けてくる。

弘樹はレジを通りすぎ、弁当コーナーに向かう。幕の内弁当が一つだけ残っていた。

それを持ち、レジに向かう。

目が合い、瑞穂がそらす。レジに弁当を置いた。

「温めますか」

と瑞穂が聞いてきた。おねがいします、と弘樹は答えつつ、財布を出す。千円札を出し、それを瑞穂が受け取り、お釣りを弘樹の手のひらに置いてくる。弘樹はその手を摑んでいた。

瑞穂の身体がぴくっと動く。

弘樹は柔らかな手を摑んだまま、水族館に行きませんかと言った。

「えっ……」

「実は僕、東京に出てきてから、水族館に行ったことがないんです。九州に戻る前に一度、水族館に行ってみたくて」

「は、はい……私なんかでよければ……」

チンと電子レンジが鳴った。

弘樹はほっとしつつ、コンビニを出た。

瑞穂には本命がいるから断られるかもしれない、と心配していたのだ。

藤野美沙のおま×こによって、無事に童貞を卒業した弘樹は、是非とも瑞穂の初エッチの相手になりたいと思っていた。

童貞の時は自分には大役過ぎると思っていたが、美沙を相手に二発放ち、今はすっかり自信がついている。

瑞穂も美沙と同じ女である。同じ場所に入り口があるわけだ。同じような乳房を持ち、同じようなクリトリスを持っているはずだ。

それなら大丈夫だ。間違うことはない。間違うはずがない。

やはり男になると違う。世の中が新鮮に見えてくる。いや、世の中というより、女を見る目に変化が出ていた。

今日は会社でも、どのＯＬとも一発やれそうな気がして仕方がなかった。

総務部のフロアでパソコンを前に、河村純子と引き継ぎをしている時も、何度もその細い腰に手をまわし、唇を奪ってみようかなどと考えていた。


弘樹がニヤニヤしながらマンションの敷地に入ると、エントランスで、女性がしゃがみこんで泣いていた。

近づくと、よく知った香りがあたりに漂っている。和香だった。

「わ、和香さん……!? 大丈夫ですか」

声を掛けると、人妻は顔をあげた。涙でくしゃくしゃになった目元が、赤くはれぼったくなっている。

「あ、あいつ……夫が、また女のところに、行ってしまったの。もうあたしには、き、興味がないんだって。あき、飽きたんだって。ひどい……」

和香は弱々しく肩を震わせて泣いている。

弱った女はそそる、というが、悔し涙を流す人妻は、確かにむらむらと押し倒したくなる色気を放っていた。

剝き出しの肩に手を置きたかったが、右手でブリーフケースを持ち、左手にはコンビニの袋を持っていて、両手が塞がっている。

弘樹は仕方なく、ぐすんぐすんとしゃくり上げる和香の傍《かたわ》らで見守ってやった。

ほどなくして、和香は涙を拭って立ち上がった。

「……もう大丈夫。落ち着いたから……。お弁当を、買ってきたのね」

「はい……」

「あの、良かったら、私のところで食べていってくれないかしら」

「えっ……」

「一人でいたくないの」

そう言って弘樹を見つめる和香の瞳は、涙で濡れていた。思わず弘樹は、ブリーフケースとコンビニの袋を持ったまま、和香にキスしていった。

エレベーターに乗り込むと、和香が五階を押す。弘樹は四階に住んでいる。そこをエレベーターが通り過ぎる。

五階で止まり、和香と弘樹は降りた。内廊下を奥へと向かう。和香が先だ。

自然と、ショートパンツから伸びている剝き出しの生足に、弘樹の視線は釘付けとなる。むっちりした太腿の付け根近くから、ふくらはぎまで、色香の塊だ。

ふと、こんな時間に和香の部屋に入るのはまずいのでは、という考えが頭をかすめる。出て行った夫が、戻ってくるかもしれないのだ。だが和香の生足を見ていると、やっぱり遅い時間だし帰ります、という言葉がなかなか出てこない。

和香がドアを開けて、少し離れてなかなか入ってこない弘樹を、不思議そうに見つめてくる。涙がにじんだ瞳が、また色っぽい。さっき奪った唇が、またそそる。

弘樹は人妻の濃厚な色気に引き寄せられるように、部屋の中に入っていった。

お邪魔します、とリビングに入る。弘樹の部屋はワンルームだったが、ここは2LDKのようだ。かなり広く感じられた。そのぶん、一人では寂しいだろう、と思った。

「冷えたお茶でいいかな」

はい、とうなずき、弘樹はソファーに座る。リビングは割とシンプルだった。

が、なんと言っても、和香の匂いがむんむん漂っている。それだけで、弘樹はむずむずしてくる。

「あら、食べないの？」

冷えたお茶が入ったグラスと、缶ビールを持ってきた和香がそう問い掛ける。

「食べます……」

実を言えばあまりお腹《なか》は空いていない。瑞穂を水族館に誘うための口実を作るために、弁当を買っただけなのだ。

弁当の蓋を開くと、和香が隣に腰掛けてきた。

すぐそばで、タンクトップからこぼれんばかりの乳房が揺れる。

こんなそそる身体がそばにいて、別の女のところに行く夫の気持ちがまったくわからない。どんなに極上の身体でも、飽きてしまうものなのだろうか。

「ネクタイ、取ったら」

と和香がしなやかな腕を伸ばして、弘樹のネクタイを緩めてくる。

和香さんっ、と弘樹はタンクトップの上から、豊満なふくらみを摑んでいった。

すでに公園でじかに乳房を揉んでいる弘樹は、すぐさま、タンクトップの肩紐をぐいっと引いていく。

すると、たわわに実った乳房が、ぷるるんっとあらわれた。

弘樹は両手で二つのふくらみを摑み、揉みしだく。

「あっ、ああ……」

はやくも、和香が火の喘ぎを洩らす。乳首が瞬く間にとがっていく。

深夜の公園の時以上に、和香は昂ぶっている気がした。ここは夫婦の住処《すみか》なのに、そこで夫以外の男に乳房を揉まれているのだ。

拒否反応を示すか、背徳の刺激に燃えるか、どちらかだろう。

和香は後者のようだった。

弘樹は乳首にしゃぶりついた。とがりきった乳首を舌先で突く。

すると、はあんっ、と甘い声を洩らし、和香がぶるっと熟れた身体を震わせる。

弘樹は乳首を突きつつ、右手をショートパンツに伸ばしていく。フロントのボタンを外し、ジッパーを下げていった。

和香が腰を浮かせて、自らの手でショートパンツを下げていく。

弘樹は和香の乳房から顔を上げた。今夜は、深紅のハイレグパンティが人妻の股間にぴったりと貼り付いていた。

縦の割れ目の影を浮かせるように、沁みがついている。

「濡らしていますね、和香さん」

えっ、と股間に目をやり、恥ずかしい、と和香が両手で沁みを隠そうとする。

そんな和香を見て、弘樹は一気にパンティを脱がせるのはやめて、サイドのハイレグをぐっと引き上げていった。

パンティが伸びて、縦の亀裂の部分に食い入っていく。

「ああっ……なにするのっ……やあっ、恥ずかしいっ」

和香が弘樹の手首を摑む。が、摑むだけだ。押しやったりはしない。

その間も、弘樹はぐいぐいハイレグを引いていく。さらに割れ目にパンティが食い込んだ。ＡＶでは数え切れないくらい目にしてきた場面が、生《なま》で目の前で展開していることが、弘樹は信じられない。

「あ、あんっ……いじわる……」

和香がなじるような目を、弘樹に向けてくる。

弘樹はパンティを割れ目に食い込ませたまま、クリトリスを摘《つま》んだ。

「あっ、ああっ……」

摘んだだけで、和香ががくがくと下半身を震わせた。乳房や太腿の内側がじわっと汗ばんでいく。

弘樹はクリトリスをこりこりところがしはじめる。

「う、ああっ……だめだめ……ああっ……」

和香の身体がソファーの上で、ぴくぴくと跳ねる。かなり敏感になっている。

口が空いている、と弘樹は顔を揺れる乳房に持って行く。そしてクリトリスをいじりつつ、割れ目にパンティを食い込ませながら、乳首に吸いついた。

「はあっんっ……」

三カ所責めに、和香がどっとあぶら汗を噴き出す。

「あんっ、あんっ……だめだめっ」

和香の泣き声が舌足らずになっていく。もしかして、いくのか。

頭にかぁっと血が昇った弘樹は、思わず、クリトリスを摘む指先に力を入れてしまった。

「痛いっ」

と和香が下半身をずらした。すいません、と人妻の股間から両手を離す。縦溝に食い入っていたパンティが伸びる。

割れ目に当たっている部分が、濃く絖っていた。

2

「今夜の幸田さん、なんだか別人みたいだわ」

熱いため息を洩らすように和香が言う。スラックスの前に手を伸ばして、撫ではじめる。

「そうですか？」

昨晩、男になったのです、と胸を張りたかったが、二十五にもなってそんなことは自慢にならない。

「なにかあったのかしら」

上目遣いに弘樹を見つつ、和香がスラックスのベルトを緩め、ジッパーを下げていく。童貞だったことも、それを卒業したことも、なにもかも見透かされているような気がした。いや、そんなことわかるわけがない。

ソファーの上で、スラックスをブリーフと一緒に脱がされた。幕の内弁当にはまったく手が付けられていない。

ペニスが弾けるようにあらわれた。先端は先走りの汁だらけだ。

あら、と和香が美貌を寄せて、ぺろりと白い汁を舐めてくる。

「ああ、和香さん……」

それだけで、弘樹は下半身を震わせてしまう。

和香が鎌首にしゃぶりついた。くびれを唇で締め付け、舌腹を先端に押しつけてくる。

「あっ、ああ……」

すっかり攻守逆転となってしまった。

和香が鎌首を吸いつつ、妖しげな眼差しを向けてくる。そして唇を引くと、

「ソファーの背に両手をついて、こちらにお尻を向けてみて」

とハスキーな声でそう言った。

「お尻を、ですか……」

「そうよ」

もしかして、AVで見た、アナル舐めを……やってくれるのか……。

数日前に、和香の唇ではじめてフェラを体験した弘樹である。当然のこと、アナル舐めなど受けたことはない。未知の快楽への期待に、ペニスがひくつく。

「あら、アナル、好きなのかしら」

と和香が聞く。好きも嫌いもない。経験がないのだから。

弘樹は答えず、言われるままに人妻に臀部を向け、ソファーの背に両手をつく。

すると、そろり、と尻たぼを撫でられた。

ぞくぞくっとした刺激に、弘樹は腰をくねらせる。

「敏感なのね、幸田さん」

お尻がこんなにぞくぞくするなんて、予想外だった。和香の撫で方が上手なのだろう。尻たぼをぐっと広げられた。

「丸見えよ」

「ああ……」

恥ずかしかった。肛門なんて、自分でもじっくりと目にしたことはない。和香に見られていると思うと、羞恥で身体が熱くなる。

「あら、ひくひくしているわ」

と言った次の瞬間、ぺろり、と肛門を舐められた。

「あっ、そんなっ……」

ぞくりとするような気持ち良さに、弘樹は声をあげていた。

和香は肛門を広げつつ、とがらせた舌を入れてくる。

「うあっ……和香さんっ……汚いですっ……ああ、そんなことっ……ああっ」

舌が忍んでくると、ぞくぞくする快感が数倍跳ね上がった。

「もっとお尻をあげて、幸田さん」

舌を抜き、和香がそう言う。弘樹はうなずき、ぐぐっと臀部だけを差し上げる。

恥ずかしかったが、さらなる快感を求めていた。

「今のあなた、鏡で見せてあげたいわ」

そう言いながら尻たぼを開くと、今度はいきなり舐めずに、ふうっと息を吹きかけてきた。

「ああっ……舐めてください……」

肛門に和香の息を感じるだけで、ペニスがひくつく。すでに我慢汁が大量ににじんでいる。

「舐めて欲しかったら、お尻を振るのよ、幸田さん」

尻たぼを撫でつつ、和香がそう言う。

「ええ、そんなこと……出来ません……」

「じゃあ、アナル舐めはここまでね」

「そんなっ……」

弘樹は泣きそうになり、恥を忍んで、差し出した尻を振りはじめた。

「和香さん……ああ、アナルを……くう、舐めてください」

「いい子ね」

和香が弘樹の尻の穴に舌を入れてきた。ぐりぐりとドリルのように奥まで侵入してくる。

「あっ、わあっ……」

弘樹は女のような声をあげて、尻をくねらせていた。

和香は尻の穴の奥まで舐めつつ、ペニスを摑んできた。ぐいっとしごいてくる。

「あっ、そんなっ……だめですっ」

ひとしごきで、いきそうになってしまう。

「我慢するのよ、幸田さん。ソファーを汚したら、すぐに出て行ってもらうから」

「はい……」

みたび、尻の穴をドリル責めしてくる。そして、右手でサオをしごきつつ、左手の手のひらで、我慢汁でぬらぬらの先端を撫ではじめた。

「あっ、それはっ……ああ、だめですっ」

ペニスがとろけそうになる。腰骨がぐにゃっとなる。

気持ちよすぎて、ずっと腰をうねらせている。暴発させていないのが奇跡と言えた。

「二カ所責めで出さないなんて、偉いわね、幸田さん」

ペニスとアナルの二カ所責めでも、おうっと雄叫《おたけ》びをあげそうなくらい気持ちいいのだ。乳首とクリとおま×この三カ所責めを受けている女性たちは、どんなに気持ちいいのだろうか。

男が女に生まれ変わって、その快感を知ったら、あまりに気持ち良すぎて、気が変になってしまう、となにかの記事で読んだことがあったが、そうなんだろうな、と弘樹は思った。

「今度は……幸田さんが……おねがい」

そう言うと、乾いた喉を潤すように缶ビールをごくりと飲んだ和香が、リビングの床に四つん這いになった。

人妻の熟れた身体に一枚だけ残っているパンティはTバックで、むちっとした双臀が、差し上げられている。

弘樹はごくりと生唾を飲み、缶ビールをごくごくと飲んだ。最高の喉ごしだ。

「もっと、お尻を上げてください」

「んふ……こうかしら……」

和香が言われるまま、膝を伸ばし、双臀を高々と掲げてくる。

やはり、女性は四つん這いが絵になる。たまらなくセクシーだ。

弘樹はパンティを引き剝ぐと、尻たぼをぐっと割っていった。すると、深い狭間の奥に、ひっそりと人妻の尻の穴が息づいていた。

「綺麗です、和香さん」

「ああ……恥ずかしい……」

視線を感じるのか、まさに菊の蕾のような窄《すぼ》まりが、きゅきゅきゅっと収縮している。

やはり女は違う。尻の穴まで、愛撫を受けるように出来ていた。

弘樹はまったくためらうことなく、誘われるように、口を押しつけていった。

ぺろり、と人妻の尻の穴を舐めていく。

「あっ、やんっ……」

掲げられた双臀がぶるっとうねる。

弘樹は舌をとがらせ、尻の穴に入れていく。と同時に両手を前に伸ばし、右手ではクリトリスを摘み、左手の指をおま×こへと入れていった。

いきなりの三カ所責めである。

「ああうっ、いい、いいっ……それ、いいっ」

はやくも、和香が喜悦の声をあげた。尻の穴で弘樹の舌を締め、前の穴で弘樹の指を締めてくる。

敏感な反応を見せてくれるのはうれしかったが、うらやましくもある。

媚肉はあらたな愛液であふれ、指を前後に動かすたびに、ぴちゃぴちゃと淫らな音が沸《わ》き立ちはじめる。

「ああっ、もっと指をっ……おねがいっ」

和香にせがまれ、弘樹はもう一本、指を媚肉に入れていく。

燃えるような肉襞の群れが、ねっとりとからみついてくる。

弘樹はバックから、ペニスをぶちこみたくなった。アナル舐め手こき亀頭責めで暴発寸前になっているペニスを入れたら、即射精しそうだったが、出た時は出た時だ。

弘樹は尻の穴から舌を抜き、媚肉から二本の指を抜いた。

「あんっ……幸田さん……」

むずかるように鼻を鳴らし、和香がむちっと盛り上がった双臀をうねらせる。

弘樹は尻たぼを摑むと、ひくつくペニスを尻の狭間に入れていった。

「ああ、おち×ぽはだめ……ああ……私は……ああん、人妻だから……あ……」

「わかっていますよ。いけない事ですよね」

「ああ、そう……だめなの……ああ、おち×ぽだけは……わかって、幸田さん」

だめ、と言いつつ、和香の双臀のうねりがさらに蠱惑的になる。

蟻《あり》の門渡《とわた》りを通り、割れ目をなぞると、だめっと和香が鼻にかかった声をあげる。

どう考えても、入れて、と言っているようにしか聞こえない。

が、弘樹はじらしてやることにした。男になった余裕だ。それに、バックからだと入り口がよくわかった。我慢汁だらけの先端で、割れ目をなぞっていく。

「あっ、ああっ、どうしたの、幸田さんっ」

「和香さんのここ、いやらしく濡れてますよ……ち×ぽが欲しいって」

「あああん、いじめないで、だめなのぉ、ああ、いけない妻になっちゃう……」

だめ、と言いつつ、和香がぐぐっと尻を差し上げてくる。すると、鎌首が割れ目にめりこんでいく。

弘樹はこのまま突っ込みたいのをぐっと我慢して、ペニスを引いていく。

「あんっ、そんなっ……」

和香がじれたように、鼻を鳴らす。

弘樹はおのれがとっている行動に、自分自身で感心していた。童貞の時は、とにかく、無事に挿入することばかり考えていたが、男になってからは、はやくも入れる夕イミングを計れるようになっていた。

もしかして、俺には色事師の才能があるのではないのか。二十五年もの間、その才能を眠らせていたのでは。

「ああ、はやく、くださいっ」

わかりました、と弘樹は人妻のおま×こをバックから貫いていった。

ああっ、と先に声をあげたのは、弘樹の方だった。待ってましたとばかりに、燃え盛った肉襞がからみつき、蜜壺全体で弘樹のペニスを貪り食ってくるのだ。

奥まで突き刺したまではよかったが、はやくも暴発しそうで、動くに動けない。

「あんっ、もう、じらさないで……ああ、あんっ、いじわる……」

じらしているわけではない。動けないのだ。

「あ、ああ……突いてっ……おねがいっ、和香のおま×こを突いてくださいっ」

じれた人妻が、激しい責めをねだってくる。

弘樹は尻たぼに指を食い込ませると、歯を食いしばり、抜き差しをはじめた。

「あっ、もっと強くっ、突いてっ」

弘樹は自棄《やけ》になって、一撃一撃に力を込めて、バックから突いていく。

「んっ、あーっ……いい、いいっ……ああ、おち×ぽ、いいっ」

四つん這いの和香は何度も玄関の方に目をやっている。もしかして、夫が戻ってくるのでは、と気が気でないようだ。

が、それが猛烈な刺激を呼んでいるようだった。

「ひいっ、いきそうっ……ああ、もう、いっちゃいそうなのっ」

和香がそんなことを言い出した。

弘樹はついに和香を征服できる喜びに震える思いだったが、下手をすれば自分が先にいってしまいそうだ。

弘樹はぎりぎりのところで、突き続ける。

「あひっ……ねえっ……いっしょにっ……ああ幸田さん、和香といっしょにっ」

なんという僥倖。弘樹は共にいくべく、渾身の力を込めて、突いていった。

「ああ、ああっ……い、いきそうっ、ああーっ、い、いくっ」

人妻の媚肉が強烈に締まり、弘樹も、おうっと射精させていた。

「あっ……はああっ……」

和香が四つん這いの裸体を弓なりに反らし、しばらく痙攣させた後、突っ伏していった。

弘樹はたっぷりと人妻の中にザーメンを注ぎ、あぶら汗まみれの背中に重なっていった。男になってわずか二日目に、人妻をいかせたことに、弘樹は感動していた。

3

翌日——人妻の和香をいかせて、変に自信を持った弘樹は、その勢いのままに、だめもとで河村純子を食事に誘った。

引き継ぎのために備品倉庫の中に入って、二人きりになったチャンスを逃さなかったのだ。

純子は、驚いた顔をして、澄んだ黒目で弘樹を見つめてきた。

「私と食事、ですか……」

「はい、よければ、どうですか?」

純子は少し困ったような顔をして逡巡《しゅんじゅん》している。気まずい沈黙が漂う。勢いのまま誘ったことを弘樹が後悔し始めたころ、ようやく純子はうなずいた。

「私でよかったら……」

やったっ、と心の中で弘樹はガッツポーズを作っていた。

その夜。待ち合わせ場所に、純子は真っ白なワンピース姿であらわれた。ノースリーブからあらわな二の腕の白さが、たまらなく眩しかった。

いっしょに歩いていると、すれ違う男性たちが皆、ちらりと純子に目を向けてくる。純子と歩いているだけで、弘樹自身の男としてのグレードが上がったような錯覚をおぼえた。

予約を入れておいたイタリアンレストランで、コースを食べた。純子のナイフとフォークの使い方は洗練されていて、口に運ぶ姿もエレガントだった。

「ご馳走様でした」

レストランを出ると、純子が頭を下げた。胸元から白いふくらみがちらりとのぞき、それを目にしただけでも、弘樹は罪悪感を覚えていた。

すでにかなりの出費だったが、出血覚悟で洒落たバーに誘おうと考えていると、

「あの、このあとお時間、ありますか」

と純子の方から聞いてきた。

もちろん、と答えると、

「じゃあ、もう少し、付き合ってください」

そう言うと純子は通りに出て、タクシーを拾った。ワンピースの裾から白い太腿を

半分近くのぞかせ、後部座席に入っていく。弘樹もあわてて乗り込んだ。ドアが閉まると、純子がタワーマンションの名を告げる。

純子の自宅だろうか。かなり家賃が高そうだから、家族で住んでいるのだろうか。

いきなり、純子の両親とご対面なのか。

「河村さんは、家族で住んでいるんですか」

「いいえ。両親は札幌です」

「そうなんですか……」

よくわからなかった。K食品の給料は悪くはないが、二十五のOLがタワーマンションに住めるほどのサラリーは貰っていない。

となると、どういうことか……。

十数分ほどでタワーマンションに着いた。都心の一等地である。

「あ、あの、ここって、河村さんの自宅ですか」

「そうです。私の部屋に興味はないですか」

「あります、あります」

エントランスからして、豪華だ。カードキーでエレベーターホールへと入っていく。

純子が三十五階のボタンを押す。密室で二人きり。純子特有のさわやかな匂いが、ふと、女の匂いに変わったように感じた。

　エレベーターを降りると、正面の部屋へと純子が入っていった。どうぞ、と言って廊下を進む。

　弘樹も失礼します、と靴を脱いで中に入る。扉を開くと、広々としたリビングが待っていた。いや、かなり広めのワンルームのようだった。右手の壁際に、ずらりと洋服が掛けてあり、クィーンサイズのベッドも見えた。そしてこちら側に、ソファーやテレビがあった。

「すごいですね、河村さん」

　家賃いくらですか、と野暮なことを聞きそうになる。

「幸田さん、私のこと、きっと誤解していると思うの。来月にはいなくなってしまうから、本当の私を見せてあげようと思って、ここに呼んだんです」

　弘樹をじっと見つめながら、純子がワンピースのフロントジッパーを下げていく。

　すると、白いふくらみがあらわれた。ハーフカップのブラは鮮やかな赤だった。

　平らなお腹があらわれ、そしてパンティまであらわれた。

「河村、さん……」

　パンティはシースルーだった。べったりと貼り付いたフロントから、押しつけられた恥毛が透けて見えている。

弘樹をじっと見つめつつ、純子がワンピースを足元に落とした。

「私がいつも、こんないやらしいランジェリーをつけて仕事をしているって、想像出来ないでしょう、幸田さん」

そう言いながら、近寄ってくる。

「想像、出来ません……」

純子が弘樹のネクタイを摑んできた。ぐっと引き、美貌を寄せてくる。

あくまでも清楚な顔立ち。それでいて、首から下は、色気が漂っている。

純子の唇が迫ってきた。キスされると思ったが、純子の唇は下がっていった。

「そこに座ってください、幸田さん」

と純子が肘掛け椅子を指差す。弘樹は言われるまま、腰を下ろす。すると、純子が近くのテーブルの引き出しから、手錠を取り出した。

「な、なにを……するんですか」

「本当の私を知ってくれますか」

「お、教えて下さい……」

じゃあ、と言って、純子は弘樹の両手に手錠を掛けた。反対側を肘掛けに塡《は》める。

純子が携帯を手にした。どこかにコールする。するとほどなくして、一人のスーツ姿の中年男性が部屋に入って来た。どこにでもいるような課長といった雰囲気を漂わせている男だ。

ふと、どこかで会っているような気がして、弘樹はK食品の男たちの顔を次々と思い浮かべていったが、本社の人間ではないようだ。

「私ね。この人に、調教されているの」

と純子が言った。あくまでも清楚な美貌と調教という言葉がマッチせず、弘樹は戸惑った。

中年男性が持参したブリーフケースから、首輪を取り出した。それを、純子のほっそりとした首に嵌める。

その瞬間、純子の表情が変わった。

清楚でいながら、二十五歳の大人の女の顔があらわとなった。

黒革の首輪には、鎖の手綱が付けられている。それをぐいっと引いて純子の美貌を寄せると、中年男が何事か耳元で囁いた。

「ああ、恥ずかしいです……」

いやいや、とかぶりを振りつつ純子が言う。品のいい美貌が、さあっと赤く染まっていく。

そんな純子を見ているだけで、弘樹は勃起させていた。

純子はあらためて、弘樹に近寄ってきた。いつも会社で嗅いでいる清廉な薫りに、大人の女の体臭が混じりはじめている。

純子は弘樹を見つめながら、白い指先をシースルーのパンティの中に入れていった。

「あっ、ああっ……」

いきなり純子の身体がひくついた。クリトリスに触れているようだ。

「河村さん……」

「あ、ああっ……」

純子はもう片方の手の指先も、下着の下に入れていく。恥毛に飾られた割れ目へと細い手指を忍ばせていくのが、弘樹にもわかった。

白い指が、割れ目の中に入っていく。

「はあっ、あんっ……」

純子が瞳を閉ざし、なんとも甘い喘ぎを洩らした。

オナニーをするよう、中年男に命じられたに違いなかった。

「やっぱり、会社の同僚がいると、感度がかなり上がるようだな、純子」

初めて課長風の男が声を出す。

改めて弘樹は、その男の顔を、確かにどこかで見たと感じた。だが、どこの誰なのかまでは正確に思い出せない。

「あ、ああ……あああっんっ……」

首輪を嵌めて喘ぐ純子は、震えがくるほど美しかった。

清楚な美貌の女もオナニーをやるんだ。でも、オナニーをやっても上品な風情は変わらないままだな、と弘樹は感心する。

中年男がパンティに手を掛け、毟《むし》り取っていく。

純子のアンダーヘアーがあらわとなる。やや濃い目の生えっぷりがそそる。顔は上品だったが、下の毛の生え方は卑猥だった。

このヘアーが、本当の純子をあらわしているのかもしれない、と思った。

純子の指が割れ目を出入りしている。引継ぎでパソコンを前にしている時にいつも思っていたが、純子の指はとびきり綺麗だった。

そんな美麗な指が、恥毛に飾られた割れ目を出入りしているところを見ているだけで、むずむずしてくる。

「どれだけ濡らしているか、見せてやれ」

男に命じられると、純子が弘樹を見つめつつ、人差し指を抜き、突きつけてくる。爪の先から付け根まで、愛液でねっとりと絖っていた。

「河村さん……」

純子も女だということか。それも、露出癖が強い女だ。

中年男が弘樹の前に椅子を運んできた。そこに立て、と言う。

純子は泣きそうな顔になりつつも、言われるまま、椅子の座に足を乗せていった。

すると、弘樹の目の前に、純子の恥部が迫ってきた。と同時に、牝の匂いがむっと押し寄せてくる。

「上品な顔をしていながら、どれだけヘンタイか、おまえの中身を同僚に見せてやれ」

と中年男が命じると、純子はさらに瞳を潤ませた。

4

純子の花唇はぴっちりと閉じている。とても綺麗な縦筋だ。

そこに愛液で絖った美麗な指が添えられる。それだけでも、スラックスの中でペニスがひくつく。

「なにをしているっ、はやく開け」

ぱしっ、と純子の尻たぼで平手が鳴った。

怒り出すかと思ったが、純子は、あんっ、と甘い声を洩らしていた。そして自らの指で花唇をくつろげはじめた。

「か、河村さん……」

「ああ、恥ずかしい……すごく、恥ずかしいです……幸田さん……」

弘樹の目の前に、河村純子の花園があらわとなっていく。

薔薇の花びらを思わせる媚肉は、濃いめのピンクだった。たっぷりと愛液にまみれた肉襞の群れが、弘樹を誘うかのように蠢いている。

「同僚に、おま×この具合を聞くんだ、純子」

尻たぼを撫でつつ、中年男が命じる。

「ああ幸田さん……じゅ、純子の……お、おま×こ……ああっ、いかが……ですか」

羞恥で美貌を真っ赤にさせつつも、純子は割れ目をくつろげたまま、弘樹にそう問うた。

会社では清楚な純子の口から、おま×ことという言葉が出ただけで、弘樹はどろりと我慢汁を垂らしてしまう。

「綺麗です。すごく綺麗です、河村さん」

「ああ、ああ……幸田さんの目……すごくエッチなの……ああ、幸田さんに見られて……私、すごく感じますぅ……」

開いたままの割れ目の中に、中年男が無造作に指を入れていった。容赦なく奥までまさぐる。

「あっ、あんっ……」

純子の下半身がぶるぶるっと震える。

「ぐしょぐしょじゃないか。見られるのが好きなんだな」

思い出したっ。この中年男は、会社に自動販売機を置いている業者の課長だ。普段はヒラの営業が出入りしているが、たまに、この男も顔を出し、総務課長と話をしていた。

なんてことだ……出入りの業者の餌食に……あの純子が……。

「あ、ああっ……ああっ……」

自販機会社の課長の指が、二本になっていた。ぴちゃぴちゃ、ぬちゃぬちゃ、と淫らな音が純子の恥部から聞こえてくる。

「どうです、同僚のおま×こを舐めたいですか」

と自販機会社の課長が、弘樹に聞いてきた。

「な、舐めたい、です」

と弘樹は答えていた。

「純子、舐めたいそうだ。ほらっ、おま×こを押しつけるんだ」

二本の指を抜いた課長が、純子の尻たぼをぱんぱんっと張った。

「あっ、あんっ」

純子はごめんなさい、と謝罪の言葉を吐きつつ、剥き出しにさせたままの花園を、弘樹の顔に寄せてくる。

な、なんてことだ……。

弘樹は瞬きするのも惜しんで、迫ってくる純子のおま×こを凝視する。

弘樹の視界が、濃いめのピンクに覆われていく。むせんばかりの牝の匂いに、顔面が包まれていく。

鼻先に純子の粘膜が触れた。それだけで、弘樹は暴発させそうになった。

ぐにゃり、と媚肉が顔面に押しつけられた。弘樹は自分の方から、ぐりぐりと純子のおま×こに顔面をこすりつけていった。

「ひんっ、ああ……ああっ……恥ずかしい……ああ、幸田さんに……うう、おま×こを……ああ、恥ずかしいです……」

恥ずかしい、と純子が口にするたびに、弘樹の顔面を包んでいる媚肉が、ざわざわと動くのがわかった。

愛液はしとどにあふれ、弘樹の顔面は瞬く間に、ぐしょぐしょとなっていく。

このまま純子のおま×こに包まれて、窒息死したら、極楽に行けると思った。

突然、純子の媚肉が弘樹の顔面から離れた。自販機会社の課長に鎖の手綱を引かれ、純子が椅子から降りていく。

課長が、ブラを毟り取った。

ぷるるんっと、細身の肢体には不釣り合いな豊満なふくらみがあらわれた。

乳首はピュアなピンク色だ。けれど、いやらしいくらいとがりきっていた。

「しゃぶれ」

と課長が命じる。純子は、はいと返事をし、全裸のまま彼の足元にひざまずく。そしてスラックスのジッパーに手をかけ、下げていった。

純子の小鼻を叩くように、勢いよくペニスがあらわれた。

純子は弘樹の方を見つめながら、鎌首に舌をからませていく。

「河村さん……」

まさかこういう形で、河村純子のフェラ顔を見ることになるとは……ＡＶのような眺めに、弘樹は昂ぶる。

純子は弘樹から目を離さない。澄んだ黒目で見やりつつ、ねっとりと反り返ったサオに舌をからめている。

そうなのだ。ここまで発情しつつも、純子の瞳は澄んでいた。けれど、舌遣いはたまらなくいやらしい。

「僕も最初は、そこの椅子に手錠で繋がれて、純子のオナニーを見せつけられるだけだったんですよ」

営業時の顔になり、自販機会社の課長が再び弘樹に話しかけてきた。

「そ、そうですか……」

「営業で伺《うかが》った時、純子を見る僕の目つきに、濡らしたそうです。それで、純子から誘われたんです。見るだけ、という約束で」

「見るだけ……」

「さっき、純子は僕に調教されている、と言っていましたが、調教するように僕が仕向けられているだけですよ」

「じ、じゃあ、河村さんがこれを望んで……？」

純子の舌が垂れ袋を這っている。右手で胴体をしごきつつ、左手の手のひらで先端をなぞりはじめる。

「あっ、ああ……」

課長が腰をくねらせはじめる。相変わらず、純子はこちらに目を向けていた。ＡＶに主観フェラというものがある。ＡＶ女優がずっとこちらを見ながらしゃぶるものだ。それと似ていた。

弘樹は純子の目から視線を離せない。舌使いというより、目に引き寄せられ、目に興奮していた。

「あ、ああ……どこに欲しい、純子」

鎖の手綱を引き、純子の美貌を上向かせながら、課長が聞く。

「顔に……ください……」

「いいだろう。たっぷり掛けてやる」

顔って……河村純子の清楚な顔に……中年おやじのザーメンをかけるというのか……うそだろう……。

純子はすぐに弘樹に視線を戻し、先端を手のひらで撫で続ける。

弘樹は自分が撫でられているように感じ、下半身をくねらせた。スラックスの下でペニスがひくついている。

純子が先端に吸い付いた。根元をしごきつつ、先端だけをちゅっと吸い上げる。

「ああっ……ああっ、出るぞっ」

と課長が叫んだ。すると純子が唇を引き、亀頭の先端に向けて、清楚な美貌をしどけなく晒した。

そこに向かって、ザーメンが襲いかかる。どくっ、どくっ、と閉じた目蓋や、小鼻、半開きの唇やあごを汚していく。

「なんてことだ……」

純子はうっとりとした表情で、中年のザーメンをその美貌に受け続けている。

純子がこちらを向いた。立ち上がり、近寄ってくる。

「河村さん……」

純子は汚されたはずだった。それなのに、清楚なままだった。ザーメンさえも、自らを輝かせる装飾品に変えてしまっていた。

「同僚がつらそうだ。ち×ぽを出してやれ、純子」

はい、と返事をして、純子がスラックスのジッパーに手を掛けてきた。

「あっ……河村さん……そ、そんな……」

ペニスを白い指で摘み出された。恥ずかしいくらいに我慢汁でぬらぬらになっている先端を、美麗な指先で純子がなぞる。

「ああっ……」

目が眩《くら》むような電流が、股間から全身を突き抜け、弘樹は女のような声をあげた。

「ああ、ああっ……」

気持ち良すぎて、じっとしていられない。弘樹は手錠で繋がれた身体を、くなくなとよじらせ続ける。けれど、先端を撫でられるだけでは、出そうで、出せない。ぐいっと強くしごいてもらいたくなる。咥えてもらいたくなる。

「河村さん……ああ、このまま、いかせてください」

「幸田さんも私の顔にかけてくれますか」

頬やあごから、どろり、とザーメンを垂らしながら、純子がそう問う。

「河村さんの顔に……か、かけて、いいんですか」

喉に声をからませながら、弘樹は聞いた。

「ええ……幸田さんに、汚して欲しいの……」

甘くかすれた声でそう言いながら、純子は手のひらで鎌首を撫で続ける。

清楚な美貌を誇る河村純子に顔謝出来る、と思っただけで暴発しそうになるが、鎌首撫でだけでは射精までには至らない。完全に寸止め状態だ。

「ああ、しごいてくださいっ。ああ、かけたいっ、はやく、河村さんの顔を……ああ、僕のザーメンまみれにしたいですっ」

手錠で繋がれていなかったら、すでに自分でしごいていただろう。

「秘密を守れますか、幸田さん」

「もちろん……ああ……今夜のことは……ああ、誰にも、言いません……」

純子の裏の顔を同僚に話しても、誰も信じないだろう。弘樹自身も、目の前の現実がとても信じられないのだ。

「秘密を守るっていう、なにか、誓いのようなものが欲しいです、幸田さん。写メ、撮ってもいいですか」

五本の指で、鎌首だけをなぞりつつ、純子がそう聞いてくる。美麗な指までも、我慢汁でぬらぬらになっている。なんとも卑猥過ぎる眺めだ。

「こんな姿を……写メに撮るんですか」

「はい。いいでしょう」

自販機会社の課長が、純子の赤い携帯を渡す。

鎌首から指を離し、純子が携帯を構える。

「待ってくださいっ、ああ、こんな姿、写メはだめですっ」

ペニスがぴくぴく動いている。

ぱしゃり、と純子が写メを撮る。

恥辱の恰好を写メに撮られた瞬間、あっ、と弘樹は声をあげていた。

射精させていたのだ。鎌首撫ででは、いくにいけなかったのに、写真を撮られて暴発させてしまった。

勢いよく噴き出したザーメンが宙を飛ぶ。

純子がザーメンで洗われた美貌を、弘樹のペニスの先端に寄せてきた。

二撃、三撃めを、美貌で受けていく。

「あ、ああ……河村さんっ……」

弘樹が放ったザーメンが、純子の美貌を汚していく。額や、小鼻、そして唇に、どろりと白濁がぶっかかっていく。

生まれてはじめての顔射だったが、純子をザーメンで征服しているような気になり、身体中の劣情の血がさらに滾《たぎ》りたった。

どくどくっ、と射精しつつも、さらに勃起していく。

「あっ、ああ……もっとかけて……ああ、もっと、純子を汚してください」

暴発し終えて、ザーメンが出なくなると、もっとかけて、と言いつつ、純子がザーメンまみれの美貌を鎌首にこすりつけてきた。

「河村さん……ああ……河村さん……」

純子の美貌で、ペニスの先端を撫でられていた。大量のザーメンが潤滑油の働きをして、なんとも言えない刺激を呼んでいる。

手こきならぬ、顔こきだ。しかも、ザーメンまみれの清楚な美貌なのだ。

萎えることなどゆるされず、瞬く間に見事な反り返りを見せていった。

すぐに勃起を取り戻したのは、弘樹だけではなかった。課長が、ぐいっと鎖の手綱を引き、純子の美貌を自分の方に向かせた。

そして、すぐさま、二発めをぶちまけていった。

「あうっ、はああ……」

目蓋や小鼻や頬に、あらたなザーメンが飛び散っていく。

顔射というのは、いい女しか絵にならない。美人だけが、汚されても、汚れないのだ。純子がまさにそうだった。

ザーメンを顔に浴び続け、純子は恍惚とした表情を晒していた。

課長は手鏡を取り出し、純子に手渡すと、目蓋に掛かったザーメンだけを拭《ぬぐ》い取ってやる。

純子は目を開くと、白濁化粧された自分の顔を見て、ああうっ、と声をあげ、腰をわななかせた。

弘樹は、いったんだ、と思った。

5

翌日——パソコンを前にして、弘樹と純子は隣りあっていた。弘樹の指導のもと、純子がパソコンを操作して、データを移動させている。

当たり前だが、純子は昨日までとなんら変わっていない。純白のブラウスがなんとも似合う、清廉な美人の同僚の顔をしている。

ふと、精液の匂いが、かすかに弘樹の鼻孔をかすめた気がした。

純子の横顔をじっと見つめてしまう。純子は澄んだ瞳で、ディスプレイを見つめている。この顔がザーメンまみれになっていたことが、うそのようだ。でも、あれは現実なのだ。

結局、あの夜は自販機会社の課長が三発、弘樹が三発、純子の美貌にザーメンを浴びせていた。

秘密の宴が終わりを迎えたあと、弘樹は課長といっしょにタワーマンションを後にしたのだが、課長は純子の部屋にいた時とは打って変わって、温厚な物腰で話をした。

弘樹が、家賃を出してあげたりする、いわゆるパトロンなのですか、と相手に問うと、とんでもない、と言われた。

「私には妻と二人の子供がいて、家のローンもあるんですよ。女に援助する金なんてありません。たとえ、それが純子のようないい女でも」

「でも、あの家賃高そうですよね」

「二人で住んでいるんだそうですよ」

「二人……？」

「会社の同僚って言っていました。私は会ったことはありませんが。あの部屋はワンルームですから、思ったほど高くはないんだそうです」

「同僚って、男ですか」

「女性ですよ。あの部屋は、女の匂いしかしないでしょう」

「そう言われれば、そうですね」

課長は今まで、純子とエッチしたことはないという。いつもフェラをされて顔にぶっかける、という流れらしい。

「もちろん、それでも満足していますよ。僕のような冴えないおやじが、純子のようないい女に顔射出来るわけですからね」

「そうですね……」

顔射してくれる男が欲しい、ということか。


「——さん、幸田さんっ」

声を掛けられ、弘樹ははっと回想を中断する。

目の前に、純子の美貌があった。

「ごめん。それが終わったら、次はこのフォルダを開い……てっ」

マウスを持ち、あわてて説明をはじめた弘樹の声が裏返った。

デスクの下で、スラックスの前を撫でられていたのだ。

「備品室に」

と囁くと、純子が席を立った。弘樹は少し間を置いて、立ち上がった。

「昨日は、ごめんなさい」

備品室に入ると、先に来ていた純子が謝ってきた。

「えっ……」

「幸田さんを、大人のおもちゃ代わりにしたみたいで……」

「いや、そんなことは……」

「時々、本当の私を、誰かに見せたくなるんです……でも、同じ会社の人だと、なんか怖いし……だから、出入りの会社の課長さんを誘ったんです。あの課長さん、とても実直そうで言いなりになりそうだったし……幸田さんは、来月にはいなくなるから……思い切って誘ったんです……」

「そうですか……」

「私のこと、嫌いになったでしょう」

いいえ、と弘樹は首を振る。

「ヘンタイ女だって、思ったでしょう」

まさか、と首を振る。

「うそ……思ったわ……」

そう言いながら、純子が近寄り、弘樹の足元にひざまずいてきた。白い指を、スラックスのジッパーに掛ける。

「な、なにをするんですか……河村さん」

「昨夜のお礼をさせてください」

「そ、そんな、お礼なんて……」

「いきなり私のおもちゃになってもらって……悪かったなと思っているんです」

そう言いながら、純子がペニスを引っ張り出す。純子の鼻先に向かって、鎌首がぐぐっと頭をもたげていく。

純子が唇を寄せてきた。ぺろり、と舐めてくる。

「あっ、そんなっ……」

昨夜、三発も射精させていたが、純子に舐められてはいない。鎌首を撫でられ、美貌でなぞられただけだ。あの時は自販機会社の課長がうらやましいと思って、弘樹はペニスをひくつかせていた。

が今、就業時間の会社の備品室で、純白のブラウスに紺のスカート姿の純子が、弘樹のペニスにピンクの舌をからめている。

それだけで、どろりと先走りの汁が出てしまう。それを、純子がぺろりと舐めとってくる。

純子が白い指でそそり立つサオを摑んできた。今日はぐいっとしごいてくる。

「あっ、ああっ……」

弘樹は腰を震わせる。こんなところではいけません、と拒もうとしたが、すでに遅かった。

純子にしゃぶってもらうという、この快感から逃れることは出来ない。

純子が鎌首を咥えてきた。先端を舐めつつ、くびれを唇で締めてくる。と同時に、右手で胴体をしごき、左手の指先を蟻の門渡りに伸ばしてきた。

「ああっ、そんなこと……うあ……」

純子はこれまでどんな男性遍歴を積んできたのだろう。純子をこんな女にしたのは、いったい誰なのか。

「うんっ、うふんっ……」

純子が悩ましげな吐息を洩らしつつ、美貌を上下させる。唇からはみ出す胴体が、純子の唾液で絖っていく。

「ああ、出そうですっ、河村さんっ」

「うっんっ……ううんっ……」

純子はペニスをしゃぶり続けている。

まさか、また顔にぶっかけて欲しい、ということなのか。でも顔射を受けて、総務部に戻るなんて出来るのだろうか。

そんなことを思うと、一気に射精の欲求が突き上がった。

「ああっ、出ますっ」

純子が美貌を引き上げていった。

あっ、と思った時には、純子の美貌に向かってザーメンが噴き出していた。

どぴゅっ、どぴゅっ、と純子の美貌に白濁液が叩きつけられていく。

なんてことだっ……会社の中で、顔射してしまった……。

純子は恍惚とした顔で、弘樹のザーメンを受けていた。唇に流れたザーメンを小指で掬うと、ちゅっと吸って見せた。

弘樹を先に帰して、十分後に総務部に純子が戻ってきた。当たり前だが、ザーメンを美貌に受けた痕跡などない。

けれど、あの清廉な美貌に、ついさっき、ザーメンを浴びせかけたのだ。

弘樹はいつもと変わらずパソコンに向かう純子を見つめ、痛いくらいに勃起させていた。

第四章　処女の甘い喘ぎ

1

週末、弘樹はレンタカーを借りて、椎名瑞穂と水族館に向かった。

湾岸線の風はさわやかで、助手席の瑞穂の長い髪が風に舞う姿を、甘い薫りと共に弘樹は楽しんでいた。

瑞穂は、海が大好きなので海に関わる仕事をしたい、とはにかむような表情で話している。瑞穂のそんな夢を、弘樹はハンドルを握りながら、うなずいて聞いている。

もしかして、これはデートというものか。

大学入学を機に、九州から都会に出てきて七年になるが、はじめてデートらしいデートを経験しつつあった。思えば、デートより先に、美沙先輩のおま×こで童貞を卒業したことになる。

けれど、真の意味ではデートではない。瑞穂には本命の男がいるのだ。本命の男はどういう男なのか、聞こうかと思ったが、やめにした。嫉妬の思いが強くなるだけだろう。

水族館に着いた。子供連れやカップルでにぎわっている。

水槽をまわっていく。瑞穂が顔を寄せて、海の生きものの生態をひとつひとつ説明してくれる。その表情はとても生き生きとしていて、弘樹にはやけに眩しく見えた。

あらためていい子だな、と思った。こんな子が彼女だったらいいだろうな、と思う。ただ、瑞穂がいい子だと思えば思うほど、本命の男が気になってくる。瑞穂を女にしたら、それで関係が終わりになってしまう、と複雑な心境になる。

「もうすぐ、イルカのショーがはじまりますね」

瑞穂に誘われ、イルカスタジアムへと走る。すり鉢状の客席は、すでに後ろまで埋まっていたが、なぜか、前の方は空いていた。

「ラッキー、前の方が空いていますよ」

と喜んで、弘樹は階段を下りていく。

「あ、あの……」

瑞穂が困ったような顔で立っている。ショーがはじまるベルが鳴った。

「ほらはやくっ、ここ、座れますよっ」

と弘樹は下から三列めの席に着いた。同じ列に座っているのは、なぜか子供ばかりだ。みんな透明のカッパを着ている。

瑞穂は何かに躊躇《ためら》うように、弘樹の隣に座った。

ショーがはじまった。イルカが二頭登場する。

イルカたちは素早くプールを泳ぎまわり、トレーナーの合図に合わせ、弘樹たちの正面で水中から大きくジャンプした。

その瞬間、弘樹はどうして前の列が空いていたのかわかった。が、すでに遅かった。着水と同時に、大量の水飛沫があがり、ばしゃあっと弘樹と瑞穂に頭から掛かったのだ。

「うわっ」

「きゃっ、冷たい！」

一発で二人はずぶ濡れとなってしまった。同じ列の子供たちは、透明カッパの上から水飛沫を浴びて、歓声をあげている。

こちらは歓声どころではなかった。弘樹はポロシャツにスラックス、瑞穂はノースリーブのフラワープリントのワンピース姿だった。

イルカが宙を舞い、再び、ざぶんっと水中にもぐっていく。

ショーの途中で席を立つわけにもいかず、芸をしたイルカが、水中に飛び込むたびに、弘樹と瑞穂は水を浴び続けた。

途中からイルカよりも、瑞穂が気になっていた。全身ずぶ濡れ状態の瑞穂が、なんともセクシーだったからだ。

ストレートの長い髪がべったりと頬に貼り付き、ずぶ濡れのワンピースがべったりと身体に貼り付いていた。

豊満な胸元が露骨に浮き上がり、くびれた腰が強調されている。

鎖骨や二の腕からは水滴が流れ、瑞穂から目を離せなくなってしまう。

瑞穂は最初こそ、水飛沫に驚いていたものの、やがて水がかかるのを気にしなくなって、イルカの芸に見入っていた。笑ったり拍手をしたり、ずぶ濡れになっても怒りもせず、イルカに夢中になっている。

弘樹はイルカそっちのけで、瑞穂に見惚れてしまっていた。

ショーが終わるなり、ごめんなさい、と瑞穂の方が先に謝ってきた。

「ここは濡れるからって言おうと思ったんですけど、言えなくて……。すいません、ずぶ濡れになっちゃいましたね」

瑞穂は愛らしい顔で、気遣うように微笑んだ。その唇や喉に、濡れた髪がぺたりとからみついている。

弘樹は考えるより先に、その髪を脇へと梳《す》き分けてやった。

「あっ、すいません……」

「い、いいえ……僕こそ、すいません」

瑞穂の髪に触れていることに気づき、弘樹はあわてて手を引いた。

「車に戻りましょうか」

「はい……」

弘樹が促《うなが》すと瑞穂はコクンと頷いた。濡れねずみのまま、水族館の館内を二人で歩く。恥ずかしかったが、なぜか気持ちは昂ぶっていた。

心細いのか、瑞穂が弘樹の服の裾を摘んでくる。

その愛らしい仕草に、ますます高まりを感じ、弘樹は優しく瑞穂の手を握ってやった。

駐車場に出て、車に入った。

助手席に座った瑞穂に、弘樹は顔を寄せていった。すると瑞穂が瞳を閉じた。

弘樹はそっと瑞穂の唇を奪う。舌先で唇を突くと、瑞穂が唇を開いてきた。すぐさま舌を忍ばせ、瑞穂の舌にからめていく。

すると、瑞穂が濡れた腕を、弘樹の首にまわしてきた。

弘樹は女子大生の甘い舌を堪能しつつ、露骨に浮き上がったままの胸元を、濡れたワンピース越しに摑んだ。

すると、ぴくっと瑞穂の身体が動いた。唇を引いていく。

弘樹は瑞穂のバストから手を離せなくなっていた。車の中で、胸元を揉み続ける。

「あ、ああ……はあっ……」

瑞穂は嫌がることなく、恥じらっていた。

再び、瑞穂の唇を奪う。すると、瑞穂がしがみついてきた。

唇を離すと、弘樹はエンジンを掛け、アクセルを踏んだ。

もしかして今日、瑞穂とベッドインするかもしれない、と思い、あらかじめラブホの場所は調べてあった。

弘樹も瑞穂も無言のままだった。でもそれは、気まずい沈黙ではなかった。お互いの昂ぶりが伝わっていた。

一番近いラブホまで二十分ほどだったが、その二十分が永遠のように長く感じた。

2

部屋に入るなり、弘樹は瑞穂の身体にべったりと貼り付くワンピースのフロントボタンに手を掛けていった。

一刻もはやく、ワンピースの中身を見たかった。

瑞穂は、はあっ、と羞恥のため息を洩らしつつ、脱がされるままに任せている。

胸元がはだけ、純白のブラに包まれた乳房があらわれた。

弘樹はブラカップを摑むと、強引にずらしていった。

「あっ……」

ぷるるんっと弾むようにして、処女の女子大生のバストがあらわれる。

それはメロンのように実っていた。乳首はまだ乳輪に埋まっている。透明がかったピンク色だ。

「大きいね」

そう言って、弘樹は右手を伸ばしていった。たわわなふくらみを鷲摑みにしていく。

「あっ……うそ……」

瑞穂のバストは若さが詰まっていた。ぐぐっと揉みこんでも、ぷりっと弾き返してくる。弘樹は左手も伸ばし、左右のふくらみを同時に揉んでいく。

「あ、ああ……い、痛い……」

「あっ、ごめん……」

調子に乗りすぎて、強く揉みこんでしまった。手を引くと、手形がうっすらと白いふくらみに付いていた。

落ち着くんだ。瑞穂は弘樹を大人の男だと思って、その無垢な身体を委ねようとしているんだ。紳士的に扱わないといけない。

弘樹はワンピースのボタンに手をかけ、次々と外していく。

すると平らなお腹があらわれた。贅肉の欠片《かけら》などまったくない、見事なお腹だ。縦長のへそが愛らしい。

そして瑞穂の股間があらわれた。ブラと同じく純白のパンティが貼り付いていた。色は白だったが、生地は薄く、かすかに、ヘアーが透けて見えている。

処女とはいえ、瑞穂も二十歳の女子大生だ。青い色香がむんむん薫ってくる。

「ああ……幸田さんも……脱いでください……ああ、私ばかり……恥ずかしくて……」

右腕で乳房を抱き、左手の手のひらでパンティを隠しつつ、火の息を吐くように瑞穂がそう言った。鎖骨辺りまで紅潮している。

「そうだね」

弘樹はポロシャツを脱ぎ、スラックスのベルトを緩める。

ブリーフだけになると、

「やっぱり、脱がなくていいです」

と言って、瑞穂が愛らしい顔を、弘樹からそらした。当然のことながら、弘樹は勃起させていた。ブリーフが、もっこりと盛り上がっている。

弘樹はブリーフは脱がず、ワンピースを脱がせていく。そして、ポロシャツやスラックスといっしょに、ハンガーに掛けた。

瑞穂が女になった頃には、乾いているだろう。

パンティだけになった瑞穂は、ずっと俯いている。

嫌がっているわけではない。けれど、このまま進んでいいのだろうか。俺は本命ではないのに……。

迷ったすえに、弘樹は改めて尋ねてみた。

「瑞穂さん、ここまで来て野暮なことを聞くけど。俺でいいのかな」

瑞穂が顔を上げた。弘樹の目をじっと見つめると、申し訳なさそうに、ごめんなさい……と小声で言った。

弘樹の頭の芯が急速に冷えてゆく。

やっぱり俺ではなく、本命に処女をあげたくなったのだ。残念だけど仕方がない。キスもしたし、おっぱいも揉めたし、それで充分ではないか。

半《なか》ば覚悟していた答えだったが、意外なほどの喪失感が襲ってくる。足から力が抜けてきた。

そんな弘樹に、さらに瑞穂が言葉をかけた。

「うそをついていて……ごめんなさい」

「……え？　うそ？」

「その……好きな人なんていないんです……いえ、好きな人はいます……でも、それは、あの……幸田さんなんです……」

そう言うと、瑞穂は背中を向けてしまった。

「好きな人っていうのは……その……俺のことなの？」

と華奢な線を描く、瑞穂の背中に向かって、弘樹が聞く。

すると、瑞穂がこくんとうなずいた。

「幸田さんが東京からいなくなるって聞いて……告白しなくちゃ、と思ったんですけど……自分に自信がなくて……言い出せなくて……でも、彼女になれないのなら……せめて……一度だけでも……あの、その……エッチをして……思い出にしたいなって思って」

うそみたいだ。この俺がモテていたとは。こんなに愛らしい女子大生に。

弘樹の頭と身体が、再びヒートアップし始めた。瑞穂の肩を摑み、こちらを向かせると、弘樹を見つめる瑞穂の瞳には、涙がうっすらとにじんでいた。

「瑞穂さんはとても可愛いし、いい子だし、自信を持っていいよ」

「幸田さん……騙《だま》した私のこと……嫌いになったでしょう」

右腕で乳房を抱き、左手の手のひらでパンティを隠したままの姿で、瑞穂が聞く。

「嫌いになんてならないよ」

愛らしい顔、二の腕からはみ出た豊満な乳房、くびれた腰、すらりと伸びた脚線。しかも、瑞穂はまだ二十歳で、処女なのだ。どうやったら、嫌いになれるのだろう。

「本当？」

本当だよ、と返事をする代わりに、弘樹はその場にしゃがんでいた。そして、瑞穂の左手を脇にやると、パンティを引き下げた。

「あっ……」

あらわになった瑞穂の恥部に、弘樹は顔を押しつけていた。

「だ、だめですっ……ああっ、ああっ、うそ、うそっ……だめですっ」

瑞穂が腰を引こうとする。弘樹は瑞穂のヒップに両手をまわし、しっかりと抑えて、ぐりぐりと顔面を恥丘にこすりつけていく。

瑞穂の恥毛はやや薄めだった。青い果実のような薫りに、顔面が包まれている。人妻の和香の熟れきった牝の匂いとはまったく違う。

「だめっ……」

瑞穂がその場に崩れた。

「幸田さんの……馬鹿……」

羞恥で顔を真っ赤にさせて、瑞穂が弘樹の胸板を叩いてくる。

「俺の気持ちわかってくれただろう」

「わかりません……単なるエッチな人かもしれないし……」

「好きだよ、瑞穂」

「ああ、本当ですか」

本当だよ、と言って、弘樹は瑞穂の唇に口を重ねていった。

　すると、瑞穂の方からぬらりと舌を入れてきた。弘樹にしがみつきながら、懸命にからめてくる。

　なんて可愛い女の子なんだろう、と弘樹は感激する。

　弘樹は瑞穂の腰を摑むと、抱きかかえた。そのまま、大きなベッドへと運ぶ。そしてブリーフを脱いでいった。

　解放された喜びをあらわすかのように、勃起したペニスが弾んだ。

「ああ、大きい……」

　ちらりと目にした瑞穂が、驚きの声をあげる。

　弘樹は瑞穂の右手を摑むと、ペニスへと導いていった。

「握ってごらん」

　瑞穂は、うん、とうなずき、怖《お》ず怖《お》ずと反り返ったペニスを白い指で摑んでくる。

「ああ……硬い……すごく硬いです」

「瑞穂はやわらかいよね」

　そう言って、弘樹は乳房を摑む。

　我ながら、落ち着いた態度だ。がつがつしていない。これも、美沙先輩と和香のお陰だ。

「あ、あの……フェラチオ……教えてください」

しっかりとサオを握ったまま、恥じらいつつも、瑞穂がそう言った。

弘樹はベッドの上で正座をした。瑞穂も正座をすると、愛らしい顔を股間に寄せてきた。するとストレートの髪が、流れてくる。

弘樹はそれを梳き上げ、瑞穂の横顔をあらわにさせる。

「ここにキスして」

とペニスの先端を指差した。はい、と素直にうなずき、瑞穂がちゅっとくちづけてきた。それだけで、弘樹は腰を震わせていた。

あ、と瑞穂が唇を引く。痛くて腰を震わせたと思ったようだ。なんとも初心《うぶ》な反応だ。手こきで責める河村純子とはまったく違う。

「気持ちいいから、腰を動かしたんだよ」

「そうなんですか……」

ほっとしたような表情を浮かべ、もう一度くちづけてきた。

「舌を出して、舐めてごらん」

はい、と瑞穂が舌をのぞかせる。ぺろりと先端を舐めてくる。とても拙《つたな》い舐め方だ。

けれど、弘樹は感じていた。

フェラチオの快感も、こちら側の気持ちがかなり左右することを知る。人妻の和香の貪るようなフェラもち×ぽがとろけるが、ひたすら先端をちろちろ舐めるだけの瑞穂のフェラにも、腰が痺れていく。

「ここを舐めてごらん」

「舐めながら、しごくんだよ」

と裏の筋を指差す。瑞穂が裏筋に舌腹を押しつけてくる。

瑞穂はうなずき、胴体を摑むと、ゆっくりとしごきはじめる。

「ああ、いいよ。瑞穂」

頰に流れるストレートの髪を何度も梳き上げながら、弘樹は腰をくなくなさせている。鈴口から先走りの汁がにじんできた。

「あっ……射精させたのですか」

「いや違うよ。我慢汁なんだ」

「え、我慢しているんですか。ああ、出してください。私、お口で受けますから」

「いや、まだいいよ。それに、口で受けなくてもいいよ」

「でも、つらいんでしょう」

「つらくはないよ。気持ちいいから、出てくるんだ。でも、舐めてくれるかい」

はいと素直にうなずき、瑞穂が先走りの汁を舐めてくる。ピンクの舌が白く汚れていく。

それを目にするだけで新たな興奮を覚え、弘樹はペニスをぴくぴくさせる。どろり、と我慢汁があふれてくる。

「ね、やっぱり、つらいんでしょう。たくさん、出てきていますよ」

心配そうに弘樹のペニスを見つめつつ、瑞穂が懸命に舐めとってくる。

可愛い女子大生に心配されて、弘樹のペニスも幸せものだ、と思った。

ただ舐め取るのではなく、しごきつつ舐めるものだから、さらににじんでくる。

「咥えてくれないかな」

はい、と瑞穂が小さな唇を精一杯開き、野太い先端を咥えてきた。

鎌首が瑞穂の口に包まれる。瑞穂は反り返った胴体に向かって、唇を下げていく。

「ああ……いいよ……」

処女の唇にペニスが呑み込まれていくのを見ているだけで、弘樹は感動する。

こんないい子と転勤で別れてしまうなんて、嫌だ。でも転勤の話が出たから、瑞穂とはこうなっているのだ。

「う、うう……」

瑞穂が苦しそうに愛らしい顔を歪める。

「どうしたんだい。そんなに奥まで咥えなくてもいいんだよ」

瑞穂は勃起したペニスの八割ほどを、呑み込んでいた。さらに深く咥え込もうとして、苦しそうに眉をひそませる。

はあっ、と息を吸い込みながら、瑞穂が顔を引き上げた。

「ごめんなさい……はじめてだから……全部、咥えられなくて……」

「全部は咥えなくてもいいんだよ」

「そうなんですか……でも、そうした方が、幸田さんも喜ぶかなって思って……」

それはうれしいけれど、いきなり、ディープスロートは無理だろう。

「半分くらいで充分なんだよ、瑞穂」

「それでいいんですか、幸田さん」

瑞穂は弘樹が気を使って半分でもいいと言っている、と思っているらしい。ここで、全部咥えなくては駄目だ、と言って、躾けるのもいいぞ。

ほんの十日くらい前まで童貞だったこの俺が、女子大生にディープスロートを躾けるとは……。

瑞穂の鼻先でペニスがひくひく動いている。

「半分くらいでもいいんだけど……出来るだけ、奥まで咥えてくれるとうれしいな」

躾けるとはかなりほど遠い口調だったが、中身は同じである。

「やっぱり……全部が普通なんですね。がんばります……」

そう言うと、瑞穂が再び咥えていく。やっぱり、八割ほど咥えたところでつらそうな表情になる。

いいよ、と言いそうになるが、つらそうな表情は妙にそそった。

弘樹は思わず手を伸ばし、ペニスを咥えている瑞穂の頬をなぞっていた。

瑞穂の頬はとてもすべすべしていた。卵のような肌だ。

「吸ってごらん。吸いながら、唇を引きあげていくんだ」

瑞穂はこくんとうなずき、頬を窪めていく。それを、弘樹は指先で突く。

瑞穂の唇から、唾液でねとねとになった胴体があらわれてくる。

それを目にするだけで、弘樹の股間にあらたな劣情の血が集まってくる。

「うんっ、うっんっ……」

愛らしい顔を上下させながら、瑞穂が悩ましい吐息を洩らす。

拙いフェラだったが、なにより心がこもっていた。

それだけに、このままだと暴発してしまいそうだ。人妻和香なら、このまま口に出してもいいだろうが、処女の瑞穂にいきなり口内発射は、驚かせるだけだろう。

そう思い、弘樹は瑞穂の唇からペニスを引き抜いていった。

3

「ごめんなさい……気持ちよくなかったんでしょう」

瑞穂が心配そうに、弘樹を見つめてくる。その唇が唾液で絖っているのがいやらしい。出ちゃいそうだから抜いたんだよ、と弘樹は心の中で答える。

「気持ちよかったよ、しゃぶってくれて、ありがとう」

そう言うと、優しいんですね、と瑞穂が言った。勘違いのままにしておこう。

弘樹は瑞穂を抱き寄せると、そのままベッドに押し倒していった。

「ああ……」

室内は明るかったが、暗くして、とは言わなかった。緊張しすぎて、そんなことにも気付かないのか、こういうものなのか、と思っているのか。

いずれにしても、このままの方が、弘樹には良かった。

瑞穂の素晴らしい裸体が拝めるし、なにより、狙いを定めて入れることが出来る。

すでに、二人の女を知っているとはいえ、初心者マークであることに変わりはないのだから。

弘樹はあらためて乳房を摑んでいった。ぷりっとした揉み心地がたまらない。

二つのふくらみを揉んでいると、乳首が芽を吹き出してくる。透明がかったピュアなピンク色だ。

弘樹は顔を寄せて、瑞穂の右の乳首をぺろりと舐めた。

すると、あっ、とかすれた声を瑞穂があげた。

弘樹は優しく、乳首を舐めていく。するとさらにつんととがりはじめた。

顔をあげると、すぐさま左の乳首を舐めていく。と同時に、右の乳首を優しく摘み、ころがしていく。

「あっ……ああ……」

処女とはいえ、二十歳の女の子だ。それに、弘樹のことを思ってくれている。

とまどっているような表情や、声がたまらない。

美沙先輩や、人妻の和香、そして純子が相手のときは圧倒されていたが、処女の瑞穂を相手にして、はじめて弘樹は主導権を持つことが出来ていた。

瑞穂の本命はこの俺だと言う。ということは、これから、何度もエッチ出来るということだ。

それはつまり、この俺が瑞穂を開発出来るということだ。だがしかし、あまり時間がない。あと二十日くらい後には、東京から離れてしまうのだ。

なんてことだ。上京して七年。はじめて彼女が出来たというのに、東京と九州で離ればなれになってしまうとは……。

「どうしたのですか……」

瑞穂が心配そうにこちらを見ている。いろいろ考えて、乳首舐めが疎かになっているようだった。

弘樹は顔を下げていく。縦長のへそに、ちゅっとキスをし、あらためて瑞穂の下腹部に目を向ける。

「ああっ、恥ずかしいっ……ああ、部屋が明るすぎませんか？」

やっと部屋が明るいことに気付いたようだ。

「そうだね。でも、瑞穂を見たいから」

ここはこのままがいい、と押し切ることだ。せっかく処女の股間をたっぷりと拝めるのに、暗くしてしまうなど勿体なさ過ぎる。

恥ずかしい……と瑞穂が左手の手のひらで、下腹の翳りを覆う。

「隠しちゃ、瑞穂の大切なところが見られないよ」

そう言って、手首を摑むと、脇へとやる。

「ああ……はあっ……」

瑞穂は火の息を吐いて、恥ずかしさに耐えている。そんな瑞穂が愛おしい。

薄めのヘアーが恥丘を飾っている。二十歳だったが、やはり処女のせいか、未成熟な感じがする。縦の切れ込みの両脇を飾っている恥毛も、わずかだった。

弘樹はその花唇に指を添えていった。

「あっ、なに、するんですかっ」

「瑞穂を見るんだよ」

「今、見ていますよね……」

「中身を見るんだよ」

「中身って……あの……あ、あそこですか」

「そう、あそこだよ」

そう言うと、割れ目をくつろげていった。

いやっ、と瑞穂が甲高い羞恥の声をあげる。だが、両手で股間を覆うことはなかった。股間は隠さずに、真っ赤になった顔を両手で覆っていた。

弘樹の目の前に、無垢な花びらがあらわになっている。目がくらくらするような、鮮やかなピンク色だった。

入り口は小指の先ほどしかなく、こうやって開いて狙いを定めない限り、挿入は不可能のように見える。

美沙先輩や人妻の和香との体験のお陰で、どうにか落ち着いて瑞穂の割れ目を開いていられるが、これが童貞のままだったらと思うと、ぞっとした。

「ああ……もういいでしょう……ああ、恥ずかしすぎます……」

「綺麗だよ、瑞穂」

「綺麗って……あ、あそこが……ですか」

「そう。ずっと見ていても、飽きないよ」

「ああ、うそです……ああ、恥ずかしいです」

花びらでじかに視線を感じるのだろうか、小指の先ほどの入り口からのぞく粘膜が、きゅきゅっ、きゅきゅっと収縮している。

処女ではあったが、二十歳の女だ。すでにいつでも串刺しにしてください、という状態なのだ。

弘樹は引き寄せられるように、顔を埋めていった。

「あっ、うそっ……」

クリトリスを舌で舐めあげると、瑞穂の股間がぴくっと動いた。

弘樹は舌先で突きながら、入り口を指先でなぞる。

「あっ、ああっ……だめだめっ……」

瑞穂が弘樹の後頭部を摑んできた。けれど、引き離そうとするわけではない。髪を摑んだまま、股間をぴくぴくさせている。

かなり敏感な身体のようだ。処女を破れば、女として一気に開花する気がした。

弘樹は花びらに口を下げた。入り口辺りの粘膜をぺろぺろと舐めていく。

「あっ、ああんっ……だめっ……」

青い果実のエキスを舌腹に感じる。しばらく舐めると、弘樹は顔を起こした。

そして素早く、ペニスの先端を割れ目に向けていく。入り口はすでに、ピンク色に息づいていた。

「ああ……はあんっ……幸田さん……」

「僕が最初でいいんだね」

「はい……」

愛らしい顔を真っ赤にさせたまま、瑞穂がうなずく。

弘樹は先端を割れ目にめりこませていった。

「あっ、あうっ……」

瑞穂が堅く瞳を閉ざし、ぎゅっと白いシーツを掴む。

さっき入り口の位置を目にして、確認していたはずだったが、わずかにズレたところを突いていた。童貞だったら、ここであせりまくるところだが、やはり経験済みというのは素晴らしい。余裕を持って、もう一度突くことが出来た。

すると先端が、入り口を捉えた。

ひあっ、と瑞穂が声をあげ、眉間に縦皺を刻ませはじめる。

ここを突くのだ、と弘樹は腰に力を入れ、先端を進めようとする。が、入り口は狭く、鎌首は太い。

「う、うう……」

瑞穂がつらそうな表情を見せる。

明るいまま入れたのがまずかった、と知る。入れる時はいいのだが、入れてからは、瑞穂が痛がる表情がもろにわかってしまう。

「大丈夫かい」

と思わず聞いてしまう。

瑞穂が瞳を開いた。涙目になっている。一瞬、抜こうかと思う。

「ああ……うれしいです……」

瑞穂が気丈にもぎこちない笑みを浮かべる。なんていい子なんだろう、と弘樹はぐぐっと鎌首で入り口を開いていく。

「い、痛い……」

眉間の縦皺が深くなる。可哀想という気持ちと同時に、なにかぞくぞくした感覚を弘樹は感じはじめていた。

自分がSかMかと聞かれれば、OLの純子の手のひら責めに悶えるようなM男のような気がしたが、処女をものにする、というのはSもMも関係なく燃えるようだ。

瑞穂が懸命に苦痛に耐えている表情にそそられ、さらに鎌首を進める。

「痛いっ……ああっ、痛いっ」

瑞穂の瞳から、涙の雫《しずく》がひと筋流れる。

なんて綺麗なのだろう、と思いつつ、ずぼりと鎌首をえぐらせた。

「ううっ……」

「入ったよ、瑞穂」

そう言いながら、肉襞をえぐっていく。瑞穂の中は、窮屈だった。ぴたっと肉襞が貼り付き、強烈に締め上げてくる。

美沙先輩や和香の締め付けは、ねっとりとしたやわらかさがあったが、瑞穂は一直線に締め上げてくる。

半分ほど埋めたところで、弘樹は止めた。我ながら暴発させていないのが、不思議だった。俺も一人前の男となっていたのか、と思う。

「ああ、幸田さんを……ああ、弘樹さんを感じます……ああ、うれしいです」

また、瑞穂が笑顔を見せる。

弘樹は繋がったまま、上体を倒し、瑞穂とキスした。すると、舌をからませつつ、瑞穂がしがみついてくる。

「弘樹さんがはじめての相手で良かった……ああ、私……エッチに対して……す、すごく怖いようなイメージがあって……でも、違うんですね……ああ、身体で弘樹さんを感じることが出来るなんて……」

瑞穂は笑顔を見せつつ、涙を流していた。それを弘樹は小指で拭う。

「僕も瑞穂を感じるよ……ああー、強く締めてくるよ」

「うそ……私……弘樹さんを……うんっ、締めているんですか」

「ああ、締めているよ。離さないって感じだよ」

「離したくないです。ずっとこのままでいたいです」

「痛いだろう」

「はい……でも、痛いのも……いいんです……弘樹さんに女にしてもらった痛みだから……ああ、いいんです」

弘樹は瑞穂を見つめながら、ゆっくり抜き差しをはじめた。少し引いて、少し突く。

「あうっ、うう……」

瑞穂が弘樹の二の腕にぐぐっと指を食い込ませてくる。瑞穂の裸体全体に、あぶら汗がうっすらと浮きはじめる。

弘樹は前後の腰の動きを、少しずつはやめていく。突きに力を込めていく。

「い、痛いっ……ううっ、痛いっ」

瑞穂が懸命に耐えている。そんな表情を見ると、俺が女にしているんだ、という気持ちが強くなる。やっぱり明るい中で入れて良かった、と思い直す。

「ああ、いきそうだ、瑞穂」

「はい……いってください、弘樹さん」

「いいのかい」

「はい……ください……ああ、ください、弘樹さん」

瑞穂が俺のザーメンを欲しがっている。無垢な花びらを、俺のザーメンで汚してください、と言っている。

男冥利《みょうり》に尽きるじゃないか。ああ、二十五年間生きてきて良かった。上京してきて良かった。

「ああ、いくよっ、ああ、出すよっ、瑞穂っ」

「きてっ……きてっ、弘樹さんっ」

半分ほど入れたままで、弘樹は射精させた。

「ああっ……あううっ……」

瑞穂が一瞬、恍惚とした表情を浮かべた、ように見えた。

どくっ、どくっ、と放つたびに、瑞穂の目蓋がひくひく動いた。

たっぷりと注ぐと、弘樹は瑞穂の中からペニスを抜こうとした。

「いやっ、抜かないでっ」

そう言って、瑞穂は大胆にも両足で弘樹の腰を挟みつけてきた。密着度が強くなる。

「ああ……私……ああ、女に……なったんですよね」

「そうだよ、瑞穂」

「ありがとう……弘樹さん、ありがとう」

「僕こそ、ありがとう」

しっかりと瑞穂を女にすることが出来て、自分もこれで本当の男になれた、と弘樹は感慨深く思うのだった。

4

瑞穂をアパートまで送り、レンタカーを返していると携帯が鳴った。瑞穂からかな、と思ってディスプレイを見ると、河村純子の名が浮かんでいた。

「遅くにすみません。幸田さん、今からぁ、私のマンションまで来られますか？」

夜の十一時をまわっていた。

今まで瑞穂と過ごしていて、幸せいっぱいな気分でいたのに、携帯越しに純子の甘い声を耳にしただけで、弘樹はペニスを疼かせてしまっていた。

「幸田さんにぃ、紹介したい人がいるの」

純子は酔っているようだった。

「え、また男の人、ですか……？」

「ううん。女よぉ。きっと、幸田さん、気に入ってくれると思うわ」

「わかりました。すぐに行きます」

「待ってます、うふふ」

純子の甘い声が、弘樹の耳にからんでくる。その魅力に抗《あらが》うのは難しかった。

だが駅へと向かう最中、このまま行ってはいけない、という思いがわき上がった。

弘樹は瑞穂ときちんと付き合うことにしたのだ。それなのに、別の女の誘いに股間を疼かせて、駅へと急いでいいはずがない。

コンビニの明かりが目に入ってきた。瑞穂がバイトをしているコンビニだ。もちろん、今夜は瑞穂はいない。

弘樹は足を止めた。やはり、断ろう。

そして改めて、純子の携帯に電話をかけた。

「ごめん。行けなくなった……」

「やだ、残念だわ……幸田さん、来られないって」

紹介する予定の女に向かって言っているのか、純子は誰かにそう告げていた。

「えーっ、そうなの……」

と言う返事が聞こえた。

その声を耳にして、弘樹ははっとなった。広報の島谷美咲の声に似ていたからだ。

「じゃあ、また次の機会に……」

と純子が切ろうとした。

「ま、待ってっ……やっぱり行きます、行きますっ」

とっさにそう言うと、弘樹は再び駅に向かって走っていた。


それからおよそ四十分後、弘樹は都心のタワーマンションのエレベーターホールにいた。エレベーターに乗り込むと三十五階を押す。降りて正面が、純子の部屋だ。

島谷美咲の声がして、それに誘われてここまでやって来たが、この扉の中に入るべきか、と迷った。

脳裏に、きちんと付き合うことにした瑞穂の顔がちらつく。上京して七年。はじめて出来た彼女なのだ。それなのに、俺はもう、浮気をしようとしている。そうだ。これは間違いなく浮気だ。

美沙先輩とエッチした後、人妻の和香とエッチしても別にこんな気持ちにはならなかった。どちらとも付き合っているわけではないから。

でも、もう駄目だ。この扉の中に入った時点で、浮気となる。

帰ろう。別に美咲がいたとしても、美咲とどうこうなるわけではないだろう。

弘樹はドアに背を向け、エレベーターに向き直った。すると、

「いらっしゃい、幸田さん」

と甘い声が掛かった。振り向くと、純子が手招いていた。

純子はランジェリーだけを身につけた姿だ。黒のブラに黒のパンティ。

清楚な美貌なだけに、そのアンバランスさに、どきりとする。

「あら、どうしたの？　帰るのかしら」

「い、いや……」

ごめん、瑞穂……河村純子が……エッチすぎるんだよ……ブラとパンティだけで、俺を誘うんだよ……エッチはしないから……手こきだけだから……ごめんね……。

心の中で、瑞穂に両手を合わせ、弘樹は官能美あふれる純子へと引き寄せられていく。和香の浮気夫もきっとこんな感じだったのだろう。二十一歳の職場の部下の身体もきっとそそるのだろう。

「どうぞ」

と言って、純子は背を向け、廊下を進む。

パンティはＴバックだ。すらりと伸びた長い足を運ぶたびに、尻たぼがぷりっぷりっとうねる様を、弘樹はしばらく惚けたように見ていた。

失礼します、と言って弘樹は靴を脱ぐ。そして廊下を進むと、広々としたワンルームが弘樹を迎えた。

ソファーには、やはり、島谷美咲がいた。美咲はランジェリー姿ではなかったが、裾が長いTシャツ一枚という、なんとも蠱惑的《こわくてき》な姿だった。

太腿の付け根近くから、膝小僧、そしてふくらはぎまで、あらわになっている。

ああ、島谷美咲の生足だ……太腿だ。

職場で見る美咲の足はストッキングに包まれ、見えてもせいぜい、膝上数センチくらいだ。

だが今は、おいしそうな生の太腿をほとんど見ることが出来ている。これだけでも来た甲斐があった、と弘樹は思った。

「やっぱりそうだね」

と美咲が言った。

「そうでしょう」

と純子がうなずく。

いったい、なんの話だろうか。

「美咲が同居人なんです。二人で借りて住んでいるの」

と純子が言った。

「そうなんだ。二人は仲良しなんだね」

つい間の抜けた返答をしてしまう。純子と美咲が親友だということさえ、弘樹は知らなかった。

「この前のこと、美咲に話したの」

「こ、この前のことって……あのこと……？」

手錠で椅子に拘束されて、ペニスを責められ、撮影されて射精してしまったあの夜のことを……よりによって、美咲に話したというのか。

「幸田さんの目がとてもエッチで、見られるだけで、とても感じたって言ったら、美咲が幸田さんにここで会いたいって言って……電話したの」

「ど、どういうこと……かな……」

「私、エッチではあまり感じないんです」

美咲がそう言った。

「そ、そうなん、ですか……」

「付き合っている人がいて、会うたびにエッチするんだけど……ほとんど感じなくて……それで、たぶん、別れると思います……」

「はあ……、そ、それで僕に何の……」

「私、変わりたいんです。純子のようにエッチに対して貪欲な女になりたいんです」

美咲が立ち上がり、弘樹に近寄ってくる。Ｔシャツの胸元は高く張り出している。

「幸田さん、来月にはいなくなるんですよね」

「はい、あと二十日くらいで九州に転勤です」

「じゃあ……幸田さんの前に……ああ……恥ずかしい姿を見せても……うふん、いいかな」

そう言いながら、美咲が優美な頬を赤らめる。

「好きにしていいのよ、美咲。幸田さんはいなくなるの」

背後に立った純子が、美咲のＴシャツの裾を摑み、たくしあげはじめた。

股間に貼り付くパンティがちらりとのぞき、弘樹はごくりと生唾を飲んだ。ピンク色が生々しいパンティだ。

「いやっ、だめよっ」

と美咲がＴシャツの裾を摑み、パンティが見えるのを阻む。

「変わりたいんでしょう、美咲。感じる女になりたいんでしょう」

「なりたい……せっかく女に生まれたのに……ああ、エッチがつまらないなんて……」

「じゃあ、まずは、見せるの」

「ああ、だめ……」

ちらりとパンティがのぞき、すぐにTシャツで隠される。

美咲は太腿丸出し、純子はブラとパンティだけ。二人とも、とびきりの美人で、スタイルも抜群である。

そんな二人を見ているだけで、弘樹は勃起させていた。

「じゃあ、幸田さんを手錠で繋ぐから。それならいいでしょう」

そう言って、純子がそばにあるテーブルの引き出しから、手錠を取り出した。

手錠を目にしただけで、条件反射のようにペニスがひくついた。

「そこに座ってください」

と純子が言う。弘樹は言われるまま、肘掛け椅子に座ってしまう。

本当は出て行くべきなのだ。瑞穂に悪い。そんなことはわかっているのだ。でも、身体が動かない。

純子と美咲の体臭がミックスした、なんとも言えない匂いが漂う、この魅惑のワンルームから、どうしても出て行けなかった。

弘樹は手錠で肘掛けに繋がれた。これでもう、純子の為すがままだ。

「さあ、これでいいでしょう。幸田さんは、美咲を見るだけ。なにも出来ないわ」

「そうよね……ああ、ごめんなさいね、幸田さん……」

憧れの島谷美咲だから、ゆるせた。そうでなかったら、すでに部屋を出ていた。

「男の人に裸を見せるのが、すごく恥ずかしくて、いつもすごく暗い中でしか、脱がないの。今でも、こんなかっこうを見せているだけでも、すごく恥ずかしいわ」

美咲は弘樹を見ながら、鎖骨まで赤くさせている。

「でも、変わりたいの……純子みたいになりたいの……」

顔射でいくような純子のようにならなくてもいい気がしたが、エッチが気持ちよくないというのも、女として辛いだろう。

5

美咲が自分からTシャツの裾をたくしあげはじめた。

ピンクのパンティがあらわれ、平らなお腹、そして、ピンクのブラに包まれた豊かなふくらみがあらわれる。

やはり、抜群のプロポーションである。服の上から想像していた以上だ。手足が長く、スレンダーでいながら、バストはぷりっと実っている。

「あ、ああ……恥ずかしいわ……」

美咲の全身が羞恥色に染まっていく。すらりと伸びた両足をくの字に曲げて、太腿と太腿をすり合わせている。

そんな恥じらいの仕草に、弘樹は興奮する。

「ブラを取って、美咲」

「ああ、出来ない……純子、おねがい」

と美咲がすがるような目を純子に向ける。すると純子が美咲の背後に立ち、ブラのホックを外した。

カップを押しやるようにして、ぷるんっとバストがあらわれた。

乳首が見えたが、いやっ、とすぐに美咲が両腕で乳房を抱いた。乳首は隠れたが、二の腕から、白いふくらみがはみ出している。

「隠しちゃ、だめでしょう」

と純子が美咲の両手首を背後より摑み、無理矢理引き剝がそうとする。

「あんっ、だって、恥ずかしいよ……ああ、いやいやっ」

美咲はしっかりと乳房を抱こうとする。純子は両腕を脇にやろうとする。

本来なら男がやるようなことを、女の純子がやっている。どちらも美人なだけに、見ているだけで、ぞくぞくした。

ついに純子が勝った。両腕は脇にやられ、美咲の乳房がすべてあらわとなる。純子は美咲の両腕を摑んだままだ。

「はあっ、ああ……見ないでください……ああ、恥ずかしすぎるよっ……ああ、純子のいじわるっ……嫌いよ……」

美咲がパンティだけの身体をくなくなとよじらせる。それにつれ、たわわに実った乳房が、ゆったりと揺れる。

乳首はまだ、乳輪に埋まったままだ。想像を裏切らないピンク色だ。

「乳首、立たせないと、男の人は喜ばないよ」

そう言って、純子が美咲の乳輪を爪先でなぞりはじめた。

いやっ、と声をあげるものの、美咲はされるがままだ。

はあっ、と羞恥の息を吐きつつ、ちらちらと弘樹を見つめてくる。

乳首が芽吹き、それを純子が爪先で突くと、あんっ、と美咲が甘い声を洩らした。

「ああ、そんな目で……ああ、見ないでください……は、恥ずかしい……ああっ、身体が熱いの……」

見るなという方が無理な話だ。社内でも人気の広報部の華の島谷美咲が、パンティだけで美人の純子に乳首をいじられて、身体をくねらせているのだ。

「ねえ、幸田さんの目って、エッチでしょう。感じてくるでしょう」

そう言いながら、純子がもう片方の乳輪も爪先で突いていく。

「ああ……エッチだわ……ううん……恥ずかしいけど……ああ、変な感じ……」

美咲がじっと弘樹を見つめるようになる。見ているこちらが、思わず視線をそらしてしまう。

すると、だめっ、と純子と美咲が声をあげる。

「見て……幸田さん」

と言いながら、純子もブラを取った。形良く張った乳房があらわれる。こちらの乳首はすでにつんとしこっていた。

美咲のもう片方の乳首もとがりを見せはじめる。恥じらっていただけの美咲の表情が変わりはじめている。

純子が美咲の乳房を、白い手で背後より摑んだ。弘樹に見せつけるようにして、揉んでいく。

「あっ、ああ……変な気分……ああ、こんなの、はじめてぇ……」

美咲の瞳がねっとりと潤んでいく。

弘樹も腰をもぞもぞさせる。ブリーフがぱんぱんになっていて、きつい。

「ふふっ、幸田さん、つらそうね」

と純子が言った。美咲の乳房をやわやわと揉みつつ、美咲の背中を押すようにして、近寄ってくる。

弘樹の目の前に、美咲の乳房が迫った。

思わず手を伸ばしたくなり、がちゃりと手錠が鳴る。手首に痛みが走り、繋がれていることを再確認した。するとますますペニスが太くなり、ブリーフがきつくなった。

「出してあげて」

と純子が美咲に言う。

「出すって……あれを？」

「そうよ。幸田さんも気持ちよくさせると、こちらもさらに気持ちよくなるの」

「そ、そうなの……」

そうよ、と純子が言い、そうだよ、と弘樹は心の中でうなずく。

じゃあ、と美咲が手を伸ばしてくる。

「あっ、島谷さんっ……こ、こんなこと……いいんですか」

彼氏がいるんでしょう、と目で問う。

「さっきも言ったように、別れが近いんです」

そう言いながら、白くて細い指で、スラックスのベルトを緩め、ジッパーを下げると、ブリーフといっしょに下げはじめた。

弾けるように勃起させたペニスがあらわれた。

「ああ、大きいですね……」

そう言って、美咲が弘樹のペニスを摑んできた。ぐいっとしごいてくる。

「ああ……島谷さん……」

ほんの十日くらい前、弘樹は島谷美咲に告白して振られていた。それが今、手錠で両手を繫がれているという情けない状態ではあったが、憧れ続けた美咲に勃起させたペニスをしごかれていた。

人生、どこでどうなるか、わかったものじゃない……と実感してしまう。

美咲がその場にしゃがみ、美貌を寄せてきた。しゃぶってくれるのか、とペニスをひくつかせる。

美咲が、あら、という表情を見せた。

「血の匂いがするわ」

えっ、と純子も椅子の前に片膝をつき、弘樹のペニスに美貌を寄せてきた。

「本当だ。もしかして、幸田さん、誰かとエッチしてきたばかりなのかしら。それも、処女の女性と」

純子にずばり当てられ、弘樹は返事に詰まった。

弘樹は瑞穂相手に二度エッチしている。瑞穂からペニスを抜くと、鮮血が混じっていた。瑞穂がティッシュで拭ってくれたが、その後、シャワーは使わなかった。

なんとなく洗い流したくなかったのだ。瑞穂はシャワーを使ったが、弘樹はそのままブリーフを穿いて、帰ってきたのだ。だから血の匂いが残っていたようだ。

「どうやら、図星みたいですね、幸田さん。処女を捧げるような女性がいるのに、ここに来たんですね」

浮気なんて最低です、と美咲が弘樹をにらみ、ぴんっとペニスを指で弾いた。

「ううっ……」

確かに最低だった。脳裏に瑞穂の笑顔が浮かび、それが泣き顔に変わっていく。

「あ、あの……帰ります……」

手錠を外してください、と弘樹が純子に頼む。

「その彼女の名前は、なんというのかしら」

と純子が聞く。手のひらを鎌首に当ててきた。なぞりはじめる。

「あっ、それはっ……ああっ……瑞穂です」

すでに我慢汁が出ていて、それが潤滑油の役目を果たしている。

「瑞穂さん。素敵な名前ね。それでいくつかしら」

「二十歳、です……あ、ああ……そんなに撫でないでください」

「あら、若いのね。女子大生かしら」

弘樹が腰を震わせつつ、うなずく。今夜の鎌首撫では、前回以上に気持ちいい。

「女子大生の彼女がいるのに、ここに来て、おち×ぽをこんなにさせているわけね」

純子が手のひらで鎌首を撫で続ける。我慢汁がどろりと出て、さらに気持ちよくなっていく。

「ああ、帰ります。ここに来たのは間違いでした。手錠を外してくださいっ」

「確かに間違いね」

純子が鎌首から手を引いた。そして、黒のパンティを脱ぎはじめた。

「なにをするんですか……？　なにをするつもりですか、河村さん」

下腹の翳りがあらわになると、どうしても、弘樹の視線は純子の股間に向かう。

男の悲しい性だ。ペニスがぴくぴく動いている。

「さあ、美咲も脱いで。幸田さんが、女子大生の彼女を本当に好きなのか、試してみようよ」

純子の目が光っている。美咲の目も光りだす。

「そうね。幸田さんの本心を試して、瑞穂さんに教えてあげなくちゃ」

「教えるって……なにを……」

美咲が膝まで脱がしたスラックスのポケットから、弘樹の携帯を取り出した。

「あっ、なにをするんですかっ」

発信履歴を見れば、瑞穂が一番上にある。そこをタッチすれば、すぐに瑞穂に繋がり、瑞穂が出るだろう。

弘樹は生きた心地がしなくなる。

それでいて、ペニスは勃起させたままだった。

第五章　ＯＬ達の悦宴

1

「瑞穂さんは、幸田さんのことを、処女をあげるくらい好きなんですよね」

と純子が聞く。

「はい……」

「幸田さんも瑞穂さんのこと、好きなんですよね」

「はい、好きです……」

さっきからずっと、瑞穂の泣き顔が、弘樹の脳裏から離れない。

ごめん、瑞穂……ああ、調子に乗りすぎたよ……。

「どうして、ここに来たのかしら。私とエッチ出来るかもって、思ってきたのかしら」

「島谷さんの声が、携帯に聞こえて……」

「そう。瑞穂さんという彼女がいながら、美咲とエッチしたいのね」

「いいえ……したくありません……ああ、おねがいです、帰らせてください」

「帰りたいのなら、どうして、おち×ぽを大きくさせたままなのかしら」

そう言うと、驚くことに純子が椅子に上がって来た。

弘樹の腰骨を挟むように、広げた両足を座の部分に置くと、剝き出しの恥部を下げはじめた。

「な、なにをするんですかっ、河村さんっ」

純子の恥部が、弘樹の鎌首に迫ってくる。

ずっとやりたい、と思っていたことが、現実になろうとしている。

小さくなれっ。純子とやっては駄目だっ。上京してはじめて、彼女が出来たというのに、一日もたたないうちに、他の女とエッチするなんて……そんなこと……やってはいけないっ。

けれど、弘樹のペニスはまったく小さくならない。それどころか、我慢汁がさらににじみ、先端は白くなっていた。

弘樹は人妻和香の夫の気持ちが、よくわかった。

浮気をしている、と聞かされた時、和香のように色っぽく綺麗な奥さんがいるのに、どうしてなんだ、と思ったが、今はわかる。痛いくらい、浮気夫の気持ちがわかる。

職場の若い部下もきっと、いい女なのだろう。ブラとパンティだけで、誘ってくるのだろう。

それを拒むことは無理なのだ。いや、毅然として拒む紳士もいるかもしれない。

でも、自分も浮気夫もそんな紳士的な態度はとれないのだ。

「やめてください、河村さんっ」

純子の割れ目が迫ってくる。大胆に両足を割っているにもかかわらず、純子の花唇は閉じたままだ。

「どうして小さくしないの？　入っちゃうわよ」

純子が割れ目を鎌首に当ててきた。そのまま前後に擦《こす》りつける。

「あっ、ああっ……そんなっ……」

ずぶり、と呑み込んで欲しい。いや、駄目だ。

「どうしたの？　私のおま×こに入れたい？」

弘樹は激しくかぶりを振る。入れては駄目だ。

「瑞穂さんに電話して」

と鎌首を割れ目でなぞりつつ、純子が美咲に言う。

「待ってっ、待ってくれっ……あっ、ああっ、出るっ」

ディスプレイにタップしようとする美咲の指を見ながら、弘樹は射精させていた。

勢いよく噴き出した白濁が、純子の花唇を汚していく。

「あ、ああ……」

割れ目に精液を浴びて、純子はうっとりとした表情を浮かべる。

相変わらず、清楚な美貌である。が、首から下は淫らな牝だ。

美咲がディスプレイをタップした。携帯を、弘樹の耳に当ててくる。

「あっ、瑞穂？　ごめん……こんな時間に……まだ、起きていたかな？」

はい、と返事がある。

純子は割れ目を鎌首にこすりつけたままでいる。

そばには、乳房をあらわにさせている美咲が立っている。

そんな中、弘樹は瑞穂と話していた。何とか今の状況を悟られないうちに、電話を終わらせなくてはいけない。

（今日はありがとう、弘樹さん）

「こちらこそ、ありがとう」

（なんだか……眠るのがもったいなくて、起きていたの……）

「瑞穂……」

なんて愛らしい女の子なのだろう。目の前で、鎌首に割れ目をこすりつけている純子や、携帯を突きつけている美咲とはまったく違う。けれど、弘樹の視線は、精液まみれとなっている純子の恥部や、鼻先で揺れている美咲の乳房に向いている。

弘樹のペニスははやくも勃起しはじめていた。

瑞穂と話しているからではない。純子や美咲に興奮しているのだ。

美咲が弘樹の頬に、乳房を押しつけてきた。

「あっ……」

（どうしたの、弘樹さん）

「いや……なんでも、ないよ……」

憧れ続けて告白までした美咲の乳房を顔面に感じ、弘樹のペニスは一気に力を取り戻していった。

ひどい人、と美咲が弘樹の耳たぶを舐めるように、囁きかけてくる。

手錠で肘掛けに両手を繋がれていなかったなら、美咲の乳房を鷲摑みにしていただろう。

ごめんよ、瑞穂……どうしようもないんだ……純子と美咲が綺麗過ぎるんだ……エッチ過ぎるんだよ……。

弘樹は和香に、浮気した夫をゆるしてあげて欲しい、と言うつもりだった。

割れ目を鎌首にこすりつけていた純子が、腰をぐぐっと下げてきた。

「あっ、だめだっ」

弘樹は思わず叫んでいた。ぱっくりと開いた純子の割れ目が、弘樹の鎌首を咥えていた。

（なにが駄目なのっ、弘樹さんっ、どうしたのっ）

そこで、美咲が携帯のディスプレイをタップし、通話を切った。

と同時に、純子は椅子から降りていた。

ほんの数秒だけ、弘樹は純子の粘膜に包まれ、瑞穂を裏切ってしまった。

「幸田さんって、まじめそうな顔をして、遊び人なのね。ちょっとがっかりだわ」

美咲がそう言う。

俺が遊び人？　まさか、ありえないっ……今日は特別過ぎるのだっ……すべてが重なってしまっている……。

もちろん、純子からの呼び出しを毅然として断っていれば、こんなことにはならなかったのだ。

でも、やっぱり無理だ。純子の裸体も、パンティだけの美咲も、素晴らしすぎた。

「ああ……また、幸田さんの目が、すごくエッチになってきたわ……」

と美咲がパンティだけの肢体をくねらせる。純子が手を伸ばし、美咲の股間からパンティを毟り取った。

ついに、美咲も素っ裸になった。下腹の翳りがあらわれ、すぐに美咲が両手で隠す。

「ああんっ、私も身体が熱くなってきたわ……幸田さんがいけないの……彼女がいるのに私と純子を見て、ずっとおち×ぽを大きくさせている幸田さんがいけないのよ」

右手を伸ばし、美咲が弘樹のペニスを摑んでくる。左手で恥部を隠したまま、幸田さんがいけないの、と言いつつ、ペニスをぐいぐいしごいてくる。

「あっ、ああっ……島谷さんっ……うぐっ、そんなに……ああ、しごかないで……ああ、くださいっ」

こんなことをしていては、瑞穂に悪いと思えば思うほど、なぜか、美咲の手こきに感じてしまう。

浮気の快感とはこういうものなのだろうか。浮気は、本気の相手がいて、はじめて成り立つものである。この二十五年間、彼女がいなかったのだから、当然、浮気の経験もなかった。

生まれてはじめて彼女が出来たその日に、生まれてはじめて浮気をしてしまった。

「また、エッチなお汁が出てきましたよ、幸田さん」

そう言って、今度は美咲が先端を指先でなぞってきた。

「あっ、やめてくださいっ……ああ、おねがいしますっ」

「私とエッチしたいかしら、幸田さん」

と小悪魔のような目で美咲が聞いてくる。

「僕には……彼女がいるんですっ」

「そうですよね」

瑞穂という彼女がいると知ってから、純子も美咲も、弘樹とエッチしたがりはじめている。実際、数秒だったが、純子とは肉の繋がりを持っていた。浮気する男なんか最低、と言いつつも、弘樹のペニスを欲しがっていたのだ。

これが彼女がいなかったら、見せつけられるだけで終わったのだろう。実際、そのつもりで、弘樹を部屋に呼んだはずだ。

瑞穂という女子大生の彼女の処女を奪ったばかりのペニスと知って、純子も美咲も欲しがるようになっていた。

2

「私とエッチしたくないのなら、どうして、こんなに大きなままなのかしら」

今度は美咲が椅子に上がって来た。美咲の恥部が、ぐぐっと弘樹の顔面に迫ってくる。さっきまで恥じらっていたのがうそのように、大胆になっている。

「ああ、私がこんなことするなんて……ああ、信じられない……ああ、幸田さんがいけないのよ」

そう言って、剝き出しの恥部を弘樹の顔に押しつけてきた。

「う、ううっ……」

やめてくださいっ、と弘樹は叫んでいた。が、恥部で口元が覆われていて、うめき声にしかならない。

ぐりぐりとしばらくこすりつけると、美咲が剝き出しの股間を引いた。

「まだ、大きいままなのね。瑞穂さんに言いつけますよ。こんな最低な男とはすぐに別れなさいって」

「ああ、これで終わりにしてください。おねがいします」

弘樹は美咲と純子に向かって、哀願していた。

「おち×ぽを小さくさせたら、すぐにゆるしてあげますよ、幸田さん」

そう言いながら、美咲が剝き出しの恥部を弘樹の股間に向けてくる。

美咲が割れ目を鎌首にこすりつけてきた。

「ああっ、島谷さんっ……そんなっ……」

会社に入って三年、ずっと憧れ続けてきた島谷美咲の割れ目が、鎌首に当たっているのだ。

弘樹は思わず、腰を突き上げていた。すると、美咲が割れ目を上げてしまう。

「なにしているのっ、幸田さん。彼女がいるのに、そんなことしていいと思っているのっ」

と純子がペニスを摑み、しごきつつ、斜めに倒してくる。

「あ、ああっ、やめてください。手錠を外してくださいっ」

純子といい美咲といい、なんという小悪魔ぶりだろうか。

純子が手を離す。するとまた、美咲が割れ目で鎌首をなぞってくる。

「ああ、私、自分の性癖がわかったかもしれない。暗い中で、受け身ばかりだったから、ぜんぜん感じなかったのね」

美咲を見ると、美貌が上気していた。乳首はとがりきり、割れ目から愛液がにじみ出しているのがわかった。

ああ、ごめんよっ、瑞穂っ……美咲に入れたいんだよっ。

弘樹は再び、ぐぐっと腰を突き上げる。すると、先端がわずかに、美咲の割れ目にめりこんだ。

それだけで、あっ、と美咲が声をあげた。彼氏とのエッチでは感じないと言っていたのがうそのように、かなり鋭敏になっているようだ。

弘樹はここぞとばかりに、ペニスで突き上げていった。

ずぼり、と鎌首が美咲の中に入った。

「あっ、あひんっ……」

すると、逃げるどころか、美咲が腰を落としてきた。瞬く間に、弘樹のペニスが美咲の蜜壺に包まれていく。

「ああっ、島谷さんっ」

「あっ、んああっ……だ、だめっ」

美咲が腰を浮かせようとする。そこをぐぐっと突き上げていく。

すると、あんっ、と美咲が再び腰を落とす。こちこちのペニスが垂直に美咲を貫いていく。

完全に、弘樹は美咲と繋がった。瑞穂の処女を貫い、これから付き合っていくと約束したその夜に、別の女のおま×こにペニスを入れていた。

が、そのおま×こは燃えるようだった。愛液であふれ、ざわざわとからみついた肉襞が、心地良く締めはじめてくる。

弘樹はぐいぐいと突いていく。

「あっ、あおおっ……いやあっ……」

美咲が火の喘ぎを洩らし、弘樹にしがみついてきた。

「美咲……」

純子があっけにとられた顔でいる。恐らく、エッチまでするつもりではなかったのではないか。弘樹をおもちゃにして、二人で楽しむだけのつもりでいたのだろう。

美咲が形良く張った乳房を押しつけてきた。ポロシャツ越しなのがもどかしい。乳房を揉めないのがもどかしい。

「あっ、ああっ……」

とがった乳首がこすれるのが気持ちいいのか、美咲の声が艶っぽくなる。おま×この締め付けも強烈になる。とてもエッチで感じない淡泊な女とは思えない。

「どうしたの、美咲」

同じことを思ったのか、純子が美咲に聞く。

「あ、ああっ……いいのっ……ああう、すごく気持ちいいのぉっ……」

「彼氏にも、幸田さんみたいに手錠で繋いで、美咲からエッチを仕掛けていったら、いいのかもしれない」

「あっ、ああっ……そうかもしれないわっ……ああ、でも……ああん、彼氏相手だと……あふん、きっと出来ないわっ」

美咲は二十五の女である。この美貌である。常に彼氏はいただろう。けれど、今までは、暗がりでの受け身だけのエッチで感じなかった。

でも、その間にも、美咲の身体はじわじわと開発されていたのだ。それが今、爆発していた。

両手が使えない弘樹は、ペニスにすべての思いを込めて、ぐいぐい突いていく。

「ああっ、ああっ……幸田さんっ……いい、いいっ」

美咲が俺と一つになって、下から突き上げられて、気持ちいい、と言っている。

この俺が、おそらくはじめて、美咲をペニスでよがらせているのだ。

「ああ、ああっ……たまらないっ」

弘樹と対面座位で繋がったまま、美咲が貪るように腰をうねらせてくる。

「はじめてですか、島谷さん。エッチで気持ちいいの、はじめてですか」

「ああ、そうですっ……ああ、幸田さんのおち×ぽ、ああいいっ、気持ちいいのっ……ああ、エッチが好きになりそうっ」

美咲のおま×この締め付けが、さらに強烈になる。

ああ、出そうだ。もっと、美咲のおま×こを感じていたかったが、もう無理だ。

「ああ、出ますっ、出ますっ、島谷さんっ」

「いいわっ……ああ、来て、来てぇっ、幸田さんっ」

弘樹はとどめの一撃を見舞った。

「いくっ」

と美咲が声をあげた。その声を耳にしつつ、弘樹は射精させていた。

俺が、美咲をち×ぽでいかせたぞっ。

感動で身体を震わせながら、弘樹はどくどくっと大量の飛沫を美咲のおま×こに放っていた。

たっぷり注いだ後も、美咲は弘樹から離れようとしなかった。しっかりと抱きついたまま、はあはあ、と火の息を吐いている。

「いっちゃったのね、美咲」

と純子がべったりと頬にかかった乱れ髪を梳き上げてやりつつ、そう言った。

「ああ……いくって……こんなにいいものだったのね……ああ、二十五になるまで知らなかったなんて……なんてもったいないなかったの」

美咲が繋がったままの股間をぐりぐり動かし続けている。おま×こも、萎えようとしているペニスを、名残惜しそうに締め上げていた。

「ああ、ありがとう、幸田さん」

そう言うと、美咲が弘樹にキスしてきた。美咲の舌が入ってくる。美咲の舌が、舌に触れただけで、弘樹は瞬く間に勃起させていた。

「うっ、うあっ……ああ……すごいっ……私の中で……また大きくなったっ」

美咲さんっ、もっとキスしてくれっ。

弘樹が物欲しそうな目をしていたのか、美咲は、あら、という顔をして、再びキスを仕掛けてきた。

弘樹は美咲の舌を貪りながら、下から突き上げていった。

「うんっ、ううっ……うんっ」

ひと突きごとに、美咲が熱い息を吹きかけてくる。

「ああ、私も……ああ、幸田さんと……し、したい……」

すぐ真横で、純子が官能美あふれる裸体を鼻を鳴らしてよじらせている。

「あ、ああっ……いいわ……あん、純子に……ああ、このおち×ぽ……貸してあげる」

そう言って、美咲が腰を浮かせていく。

「うくっ……」

ペニスをなぞりあげつつ、おま×こが抜けていく感覚に、弘樹は腰を震わせる。

鎌首の形に開いたままの割れ目からザーメンを垂らしつつ、美咲が椅子から降りた。

すぐに、純子が椅子に上がってくる。

天を向いたままの弘樹のペニスは、美咲の愛液が混ざったザーメンでぬらぬらだった。けれどそんなことにはまったく構わず、純子が摑んできた。そして、腰を下ろしてくる。

「ああ、河村さんっ」

先端が熱い粘膜に包まれた。さっきはすぐに離れたが、今度は、鎌首からサオへとずりゅっと咥えこんできた。

なんてことだ……島谷美咲だけではなく、河村純子とも、しっかりと繫がってしまった。

「ああ感じるわっ……突いてぇ……お願い、幸田さん」

純子も弘樹にしがみついてきた。汗ばんだ乳房を押しつけてくるが、相変わらずポロシャツ越しだ。

両手も手錠を掛けられたままだし、乳房も揉めない。けれどそのぶん、ペニスだけに集中出来ていた。

それが良かったのかもしれない。ぐいぐい突くと、いいっ、と純子も声をあげる。

恐らく、生まれてはじめて燃えた美咲を見て、純子も昂ぶってしまったのだろう。

「いい、いいっ……ああ、おち×ぽいいっ……ああ、幸田さんっ……」

弘樹の腰で純子が汗ばんだ裸体をうねらせる。

「ああ……欲しい……私も、もっとおち×ぽで泣きたい」

とはやくも、美咲が交代して欲しい、と純子に言う。

「あ、あんっ……いいわ……このち×ぽ、使って」

と純子がおま×こからペニスを抜いていく。

「ああっ……」

おま×こが引き上がっていく感覚がたまらない。弘樹は思わず出しそうになる。

ザーメンまみれだったペニスは、純子の愛液に塗り変えられていた。

純子が椅子から降り、すぐに美咲が上がってくる。

「ああ、僕のポロシャツも、脱がせてください」

そう言ったが、美咲は無視して、跨がったまま腰を下ろしてくる。

目の前で形の良い乳房が揺れている。乳首はとがりきり、谷間には無数の汗の滴《しずく》が浮いていた。でも、触ることが出来ない。

またもや、美咲のおま×こにペニスが包まれた。

「おおうっ」

と弘樹が声をあげる。

美咲→純子→美咲と交代で、弘樹のペニスをおま×こで締め付けてくる。なんて贅沢なんだろう。

贅沢過ぎて怖い。手錠で繋がれていて、良かったとさえ思ってしまう。これで普通に二人並べてやれていたら、幸せ過ぎて気が変になっていただろう。

手錠で繋がれているというくらいが、俺にはちょうどいいのだ。

「ああ、なにしているのっ、ああ、じっとしていないで、突いてっ、幸田さんっ」

エッチの快感に目覚めてしまった美咲は、貪欲になっていた。

弘樹が突き上げると、いいっ、と声をあげ、自らも腰をうねらせる。おま×こ全体で、弘樹のペニスを貪り食ってくる。

「こうですかっ、島谷さんっ」

「あんっ、もっとっ、強くっ……ああ、またいきたいのっ……あひい、幸田さんのおち×ぽでっ……またいかせてっ」

美咲自身も腰をうねらせるのではなく、上下に動かしはじめた。

純子と美咲の蜜まみれのペニスが、鎌首ぎりぎりまで外に出たと思ったら、次の瞬間には根元近くまで呑み込まれていた。

「あ、ああっ……そんなにされたら……」

「ああ、突いてっ、突いてっ、いかせてぇっ」

弘樹のペニスが、美咲の割れ目を激しく出入りする。

「ああ、ああっ……出そうですっ……ああっ、島谷さんっ」

「ああ、強くっ……ああ、おねがいっ」

弘樹はとどめを刺すべく、渾身の力を込めて、突き上げた。

「あっ……ああーっ……また、い、いくっ」

ペニスの根元が締め上げられた。

おうっ、と吠えて、弘樹は射精させた。瑞穂に二発、純子の割れ目に一発、そして美咲にも二発めだったが、大量の飛沫が噴き出していた。

3

明くる日曜日。弘樹は美咲と銀座にいた。憧れの彼女に、ついこのあいだ告白して振られたにもかかわらず、昨夜は濃厚なエッチをしてしまった。

そして今、二人で銀座を歩いている。一見するとデートに見えるがもちろん違う。瑞穂にネックレスをプレゼントしようと思ったのだが、なにを買ってあげればいいのかわからず、美咲に選んでもらうことにしたのだ。

ネックレスを買うには、二つの理由があった。もちろん、一つははやくも浮気をしてしまったお詫びだ。黙ってさえいれば、ばれる心配はないのだが、いくらなんでも処女を頂いた日に浮気は、良心が痛み過ぎる。

もう一つは、弘樹がプレゼントしたネックレスをつけた瑞穂とエッチしたかったのだ。

素っ裸に、弘樹が買ってあげたネックレスだけを付けた瑞穂を、ぐいぐい突いて泣かせてみたかった。ネックレスが、弾むバストにかかる様は、きっとセクシーだろう。

「あれ、どうかしら」

と美咲がショーウィンドウの中のネックレスを指差す。七万八千円。高かったが、出せない額ではない。

さすが美咲だ。こちらの懐具合を見て、ネックレスを選んでいた。

店員がネックレスを出した。付けてみて、と美咲が長い髪を両手で掻《か》きあげ、弘樹にうなじを見せる。

どきりとする。生唾を飲んでしまう。

どうしたの、と美咲が髪を掻きあげたまま、こちらを見る。

なんとも綺麗だ。唇を奪いたくなる。このまま、美咲と付き合いたくなる。

弘樹はネックレスを美咲の首に掛け、ホックを留めた。

美咲がこちらを向く。似合っていた。美咲が付けると、七万八千円のものが、三倍くらいは高価に見えてしまう。

にやにやと美咲を見ている弘樹の視界に、想像だにしていなかった女性が映った。

「瑞穂……どうして……」

瑞穂が先に、こちらに気付いていたようだ。なんてことだ。美咲にネックレスを付けてあげ、にやにやしているところを見られてしまっていた。

瑞穂が連れの女性になにか言って、こちらにやってくる。

「あら……もしかして、あの女の子が……瑞穂さんかしら」

「は、はい……」

瑞穂が、こんにちは、と美咲の方にあいさつをした。そして、こちらはどなたですか、という目を弘樹に向けてきた。

「こちら、あの、会社の同僚の、島谷美咲さん。あの、ネックレスを選んで貰っていたんだ」

「恋人にお詫びのプレゼントをしたいっていうから、私が付き合ってあげていたのよ」

と美咲が言った。

「お詫び……？　お詫びって、なんですか」

と瑞穂が怪訝な顔で、弘樹に聞いてきた。

「いや、なんでもないよ……瑞穂に付けてもらいたくて……それだけだよ」

美咲が、外して、と弘樹に言う。

馴れ馴れしい言い方に、瑞穂がますます怪訝な表情を浮かべる。

あきらかに美咲はこの状況を楽しんでいた。純子と親友だけあって、まさに小悪魔である。本当に付き合ったら、心身共に疲れ果てそうだ。振られて良かったのかもしれない。

「どうしたのかしら。外して、幸田さん」

と美咲が再び髪を掻きあげ、弘樹にうなじを見せつける。瑞穂の目の前でだ。

弘樹はちらりと瑞穂に目を向け、そして美咲の首からネックレスを外していく。

すると、今度は瑞穂がストレートのさらさらの髪を、弘樹の前で掻きあげていった。弘樹の前にうなじを晒す。

美咲のうなじも良かったが、瑞穂のうなじにもどきりとする。

対抗意識を燃やしたような瑞穂の態度に、美咲が、あら、という顔をした。

弘樹は何となく気圧《けお》されながら、瑞穂の首にネックレスを付けていく。変に緊張して、なかなかうまくホックを塡められない。

どうにか塡めると、すぐに瑞穂がこちらを向いてきた。

「どうですか、弘樹さん」

と瑞穂が聞く。

「似合っているよ。とても素敵だ」

「綺麗だわ、瑞穂さん」

と美咲も誉める。

「これをプレゼントしたいんだ。受け取ってくれるかな、瑞穂」

と弘樹はそう言った。

瑞穂は、ちらりと美咲を見て、ありがとう、とうなずいた。


結局そこで美咲は帰り、瑞穂も連れの女性とバイバイした。

瑞穂は同じ大学の女の子と銀ブラを楽しんでいる途中だったらしい。

「友達と別れていいのかい」

「いいの……二人きりになりたいです、弘樹さん」

歩行者天国の真ん中で、瑞穂がしっかりと弘樹の手を摑んできた。五本の指を五本の指にからめるような握り方だ。

その首には、プレゼントしたばかりのネックレスが輝いている。

弘樹もはやく、裸にネックレスの瑞穂を見たかった。この辺りには、いくつかシティホテルがある。弘樹はすぐに携帯でホテルを調べ、銀座二丁目にあるお洒落なホテルの一室を素早く予約した。

「こんな素敵なお部屋……いいんですか」

銀座のシティホテルらしい、エレガントな部屋に入ると、瑞穂は申し訳なさげに言った。

弘樹は瑞穂のスレンダーな身体を抱き寄せた。あごを摘み、愛らしい顔を上向かせる。すると瑞穂は半泣きのような表情を浮かべていた。

「どうしたんだい」

「美咲さん、綺麗な人でしたよね」

弘樹はそれには答えず、瑞穂の唇を奪った。すると、瑞穂の方からすぐさま舌をからめてきた。弘樹の二の腕にしがみつき、懸命に舌でじゃれついてくる。

弘樹は瑞穂の甘い唾液を味わいながら、ブラウスのボタンを外していく。唾液の糸を引くように口を離すと、ブラウスを脱がせていった。

淡いブルーのブラから、今にもこぼれそうなふくらみがあらわれる。美咲や純子よりひとまわりは大きい。

それにやはり、瑞々《みずみず》しい。二十歳ということもあるが、弘樹しか男を知らない、もがれたばかりの果実ということが大きいと思う。

弘樹はブラカップを下げた。ぷるるんっと弘樹の前で弾む。それを両手で鷲摑みにしていく。

あっ、と瑞穂が声をあげる。

さらに強くしがみついてくる。はあっ、と甘くかすれた声を洩らす。

「弘樹さん……私、信じてます……あんっ、弘樹さんを、信じてますから……」

弘樹は答える代わりに、瑞穂の乳房を揉みくちゃにする。

乳首がとがりはじめる。弘樹は右の乳首に吸い付いていく。

「あっ……」

瑞穂の身体がぴくっと動く。昨日より、反応が敏感になっている。

とがった乳首を、舌腹でなぎ倒すように突いていく。

すると、突くたびに、ぴくっ、ぴくっと瑞穂の新鮮な身体が動く。ずっと弘樹の二の腕にしがみついたままだ。

弘樹は乳首を突きつつ、パンツのボタンに手を掛けた。外すと、フロントのジッパーを下げていく。

「あ、ああ……恥ずかしい……」

パンツを脱がせようとする弘樹の手首を、瑞穂が摑んでくる。けれど、強く押しやることはしない。

パンツを膝まで下げた。乳房から顔を起こして、瑞穂の恥部に目を向ける。今日はピンクのパンティだった。

ローライズで布面積が小さく、今にもヘアーがのぞきそうだ。

弘樹はそのパンティに手を掛けた。あっ、と瑞穂が声をあげた時には、パンティは弘樹の手の中にあった。

薄めの恥毛をあらわにされた瑞穂は、はあっ、と羞恥の息を洩らしつつ、その場にしゃがみこんだ。弘樹のスラックスのベルトに手を伸ばしてくる。

ベルトを緩め、スラックスのジッパーを下げていく。そしてブリーフといっしょに脱がせてきた。

瑞穂の小鼻を叩くように、勃起したペニスがあらわれる。

「ああ、うれしいです……こんなになって」

瑞穂が白い指をからめてくる。

「硬い……ああ、弘樹さんを……ああ、感じます……うれしいです」

瑞穂は頰を反り返った胴体に押しつけてきた。くなくなとこすりつける。

「どうしたんだい、瑞穂」

瑞穂のつぶらな瞳が涙でにじんでいた。

「ずっとこのままで……いたいです」

瑞穂が唇を開き、鎌首を咥えてきた。反り返った胴体に沿って唇を下げていく。根元に近くになるにつれ、苦しそうな表情を見せる。昨日は、八割ほど咥えたところで顔を引き上げたが、今日はさらに深く咥えようとしてくる。

「う、うう……」

九割近く、呑み込んできた。

さらに愛らしい顔を下げようとしたが、咽《む》せたのか、さっと顔を上げて咳《せ》き込んだ。

「大丈夫かい」

瑞穂はコクリとうなずき、弘樹を見上げる。涙目になっている。

その顔に、どきりとした。やめた方が、という言葉が出ない。

瑞穂が再び咥えてきた。ううっとうめきつつ、八割、九割、そして、優美な頬が弘樹の剛毛に埋まるくらい、深々と咥え込んできた。

すべてを咥え、そのまま、弘樹のペニスを強く吸ってくる。

「ああっ……瑞穂っ……ああっ……」

あまりの気持ち良さに、弘樹は下半身をくなくなとよじらせる。

瑞穂は深々と咥え込んだまま、強く吸い続けている。

顔面が真っ赤になっている。苦しそうだ。でも、顔を引かない。このまま弘樹のペニスを吸い取ってしまいそうな勢いだ。

「あ、ああっ……瑞穂ぉっ……ああ、そんなに吸ったら……ああうっ……」

はやくも出そうになり、弘樹の方からペニスを引いていった。唾液がねっとりと糸を引く。

がすぐに、瑞穂が反り返ってひくついているペニスにしゃぶりついてきた。

今度は半分ほど咥えたところで、愛らしい顔を上下させはじめる。

「うんっ、うっんっ……うんっ……」

吸い方は拙かったが、なによりも、ペニスへの強い思いが感じられた。

完全に、美咲を意識していた。弘樹と美咲がエッチしたことに気付き、このペニスは私だけのもの、と主張しているのかも知れない。

「ベッドに行こう、瑞穂。今度は僕が瑞穂のおま×こをたくさん舐めてあげるから」

「はい……おねがい、します……」

そう言うと、瑞穂は膝まで下げられていたパンツを足首から抜いていく。

弘樹もシャツとスラックスを脱いでいく。

裸にネックレスだけになった瑞穂が、右腕で豊満なバストを抱き、左手の手のひらで恥部を覆っている。

「ああ、綺麗だよ。ネックレスすごく似合っているよ」

「うれしいです……ああ、でも、恥ずかしい」

「胸も股間も隠さないで、見せてよ、瑞穂」

「そんな……じゃあ、暗くしてください」

「暗くしたら、ネックレスをした瑞穂がよく見えないだろう」

「あんっ……」

瑞穂はなじるように弘樹を見やりつつ、乳房から右腕をずらし、恥部から手のひらをずらしていく。

「万歳してごらん」

ああ、と羞恥の息を吐きつつも、瑞穂は素直に従う。

瑞穂自身、自分のボディには秘かに自信を持っているはずだ。だから恥ずかしいと言いつつも、見られることに快感を覚えるはずだ、と弘樹は思った。

両腕をあげるにつれ、ぷりんっと実った乳房の底が持ち上がっていく。

さらに挑発的な乳房となっていく。腋の下があらわとなる。すっきりとした綺麗な腋のくぼみだ。

乳房が上がり、ネックレスが豊満なふくらみに押し上げられていく。

「綺麗だよ、瑞穂」

「あ、ああ……瑞穂だけを……見ていてください……おねがいします、弘樹さん」

瑞穂はひたむきに、自分だけを見させようとしていた。

なんていい子なんだろう。もう二度と、瑞穂以外の女とエッチなんてしないから。

昨日はごめんね。

弘樹は両腕をあげたままの瑞穂の裸体を、強く抱きしめていった。そのままベッドへと運び、仰向けに押し倒す。そして股間に目を向けた。

昨日、女になったばかりの割れ目に指を添える。

「あっ、いやっ……恥ずかしすぎますっ」

瑞穂が裸にネックレスだけのボディをくねらせ、恥部を隠そうとする。

「見せて、瑞穂」

そう言って花唇をくつろげていく。

「ああっ……見ないでっ……」

女になってまだ丸一日と経っていなかったが、瑞穂の花園は、女の匂いを発散させている。青臭さが抜けて、一気に女として開花していた。

入り口は相変わらず小指の先ほどもなかったが、やはり、昨日とは違う。弘樹のペニスで処女膜を破られ、ザーメンをたっぷりと奥に浴びて、一日かけて女になっていっているようだ。

弘樹は瑞穂の花園の蠢《うごめ》きに誘われるように、愛撫らしい愛撫なしに、ペニスの先端を当てがっていった。

「入れるよ、瑞穂」

「ああ……ください……」

瑞穂の花園は、すでにしっとりと潤っている。

弘樹は腰を突き出していった。一発で、鎌首が小指の先ほどの穴に入った。

「あうっ……」

「まだ、痛むかい」

瑞穂が眉間に縦皺を刻ませる。

「ううん……う、うう……」

まだ痛そうだった。でも、弘樹は構わず、串刺しにしていく。

「うう、うう……ああ、感じる……ああ、お、おま×こで……ああ、弘樹さんを……

あくうっ……感じるの……」

僕もち×ぽで瑞穂を感じるよ。

フェラ同様、離さない、というように、瑞穂のおま×こが強く締めてくる。

奥に入れるほどきつく、半分ほどで挿入を止めた。すると瑞穂が目を開き、

「もっと、奥までください」

と言った。相変わらずの涙目に、どきりとする。

弘樹はきつい肉襞の群れをえぐるように、ぐぐっと貫いていった。

「あうっ……うふうっ……」

瑞穂の新鮮な肌に、うっすらとあぶら汗がにじんでくる。と同時に、女の体臭が立ちのぼりはじめる。昨日までの、青さを感じる匂いとは違っていた。

やはり、昨日俺が注ぎ込んだ二発のザーメンが、おま×こから瑞穂の中に浸透して、一日がかりで、女に変えたのだ。

弘樹は瑞穂のくびれたウエストを摑むと、抜き差しを開始する。

「あう、うう……あぁっ……」

瑞穂はつらそうな表情を浮かべるが、次の瞬間、うっとりとした顔になる。そして

また、痛みに耐えるような顔になる。

昨日より、強めに突いていく。ネックレスを揺らすためだ。

「あっ……弘樹さんっ……」

瑞穂が弘樹を見上げ、両手を伸ばしてくる。しがみつきたいのだ。けれど、弘樹は上体を起こしたまま、突き続ける。

たわわな乳房が上下に弾み、ネックレスが光った。

「ああ、ネックレスすごくいいよ、瑞穂」

俺のち×ぽで、乳房を弾ませ、ネックレスを光らせているのだ。

「もっと激しく突いてくださいっ……ああ、ネックレスを揺らしてくださいっ」

弘樹はかなりきつい肉襞をえぐるようにして、突いていく。

「ううっ、い、痛い……」

「大丈夫かい」

「ああ、もっとっ、おねがいっ」

瑞穂が濡れた瞳で見上げる。痛みに耐えているだけではない。

弘樹は強めに突いていく。ひと突きごとに、瑞穂の胸元で、ネックレスがあらたな輝きを放った。

「ああ、ああっ……弘樹さんっ」

「おうっ、瑞穂っ」

強烈な締め付けに耐えきれず、弘樹は射精した。

4

銀座のレストランで瑞穂と夕食を取り、彼女のアパートまで送ると、弘樹は自宅マンションへと戻った。この一日でかなり金を使ったが、価値のある出費といえた。

やっぱり、瑞穂とのエッチが最高だと確信できるようになっている。弘樹への思いを、おま×こで感じるのだ。

美咲や純子とのエッチも極上だったが、愛があるわけではない。弘樹のち×ぽを一時的に借りて、欲望を貪っている感じだ。

瑞穂は弘樹と一体になることに、女としての喜びを感じている。

もう二度と、他の女とはエッチをしない。美咲や純子があのタワーマンションに誘ってきても、二度と足を向けない。

「俺は瑞穂だけだ。瑞穂とだけエッチが出来れば、満足なんだ」

自分の部屋に入ると、すぐにチャイムが鳴った。続いてドアをノックされる音が響く。

和香かな、と弘樹は思った。

はい、とドアを開くと、やはり和香が立っていた。相変わらずの太腿丸出しのショートパンツに、二の腕剝き出し、バストの隆起が目立つタンクトップスタイルである。

立っているだけで、むせんばかりの色香が弘樹に迫る。

以前は、こんな美人で色香あふれる奥さんがいるのに、若い部下と浮気をする夫の気持ちがわからなかったが、今となっては、以前より理解できる。

奥さんのことが好きでも、若い部下とエッチが出来そうなシチュエーションになってしまったら、やはり、やってしまうのだ。

弘樹がそうだ。瑞穂という愛らしい女子大生の処女を頂き、付き合うと決めたその夜に、美咲と純子とやってしまった。どうしようもないが、男とはそういう生きものなのだと、ここ最近のおのれの身体で知ってきた。

「お酒、付き合ってもらえるかしら」

「今夜もご主人、いないんですか」

「そうなの。土曜、日曜と、若い部下とエッチしまくっているんだわ。そんなのゆるせないわっ」

と弘樹を和香がにらみつける。

「そ、そうですね……ゆるせませんよね……でも、あの……仕方ない気もするんです」

「あら、夫の肩を持つの？」

「いや、そういうわけでは……」

和香は缶ビールが入ったレジ袋を持って、中に入って来た。

弘樹の部屋は広めのワンルームだ。もちろん、純子と美咲の部屋のような広々としたワンルームではなく、十畳ほどだ。

その空間が、瞬く間に、人妻の熟れた体臭に染まっていく。

二人がけのソファーに並んで座る。すぐそばに、むちっとあぶらの乗った太腿があり、高く盛り上がった胸元がある。

どうしても、太腿に手を置きたくなる。でも駄目だ。もう二度と、瑞穂以外の女とエッチしないと決めたのだ。

缶ビールのプルトップを開き、乾杯する。和香が白い喉を上下させ、ごくごくと飲んでいく。そんな和香を見ているだけで、ペニスがむずむずしてくる。

触ろうと思えば和香の肌に触れることが出来るのに、触れないというか、触らないというのは、思っていた以上につらい。

隣からは、牝の体臭がむんむんと薫ってきている。喉がからからになり、弘樹も缶ビールを口にした。なんともうまい。喉ごしがたまらない。

「幸田さん……もしかして、彼女が出来たんでしょう」

弘樹の目をのぞきこむようにして、和香が聞く。

「え、いや……」

「それなのに、他の女とエッチをしてしまった。私じゃなくて、別の女。だからさっきは、私の夫の肩を持つようなことを言ったんでしょう」

図星だった。図星過ぎて、怖いくらいだ。

「いいえ、そんなことは……ありません」

「そうかしら。男の人って、女を見れば、エッチしたくなるの？」

そう言って、和香の方から手を出してきた。スラックス越しに、股間をそろりと撫でてくる。

あっ、と思った時には、完全に勃起していた。

「彼女がいるんでしょう。じゃあ、勃《た》たせては駄目じゃない」

そう言いながら、和香がスラックスのジッパーを下げにかかる。いけませんっ、と弘樹は和香の手を払おうとした。

その時、和香の太腿に触れてしまった。

もう駄目だった。しっとりと手のひらに吸い付くような肌触りに、弘樹の身体はかぁっとなった。

太腿を撫ではじめた途端、携帯が鳴った。

心臓が止まりそうになった。ディスプレイを見ると、瑞穂である。

いっしょにディスプレイを見た和香が、彼女ね？　と言う。弘樹はとうなずき、人差し指を口に当てると、電話に出た。

「弘樹さん？」

瑞穂の声が、弘樹の耳を甘くくすぐってくる。

それだけで幸せな気分になる。俺に、彼女がいるんだ。しかも、可愛い二十歳の女子大生だ。

「あらためて、今日のお礼を言いたくて。今、シャワーから出たばかりなんです。弘樹さんから頂いたネックレスだけ身体につけてます」

「見たいなあ」

もう、瑞穂を裏切るようなことをしてはいけない。瑞穂だけで充分ではないか。さあ、人妻に帰ってもらわなければ。

「ああ……どうして、こんなこと……お話したんだろう……ああ、自分で口にして、恥ずかしくなってきました」

頬を赤らめ、瑞々しい裸体をくなくなさせている瑞穂の姿が、弘樹の脳裏に浮かぶ。そこへ、和香がペニスを摑んできた。弘樹の気が瑞穂に向いている間に、ジッパーを下げ、スラックスの中に手を入れていたのだ。

ブリーフの脇から、勃起させたペニスを無理矢理引き出してくる。

やめろ、とは言えず、弘樹は腰を引く。が、無駄だった。和香が弘樹の股間に色っぽい美貌を埋めてきた。

「あっ……」

ねっとりと先端に舌がからみ、弘樹は思わず声をあげてしまった。

「どうしたんですか、弘樹さん」

「ううん。なんでもないよ……」

あきらかに声が上擦《うわず》っている。こういうことに慣れていない弘樹は、冷静に対処出来ない。

美咲や純子といい、和香といい、どうして、弘樹に彼女がいるとわかったら、余計ペニスを欲しがるのだろうか。普通は、遠慮するものじゃないのか。女という生きものがわからない。

「もしかして、美咲さんが……」

「まさか。いないよ。いるわけがないよ」

それは本当だった。美咲はいない。でも、別の女がいる。いるどころか、今、弘樹のペニスをしゃぶっている。

そして弘樹のほうも、瑞穂と話しながら、ますます大きくさせていた。

瑞穂の声を聞きながらの和香のフェラチオは、たまらなく気持ち良かった。ペニスの感度が数倍上がっているような気がする。

だから、裏筋にねっとりと舌腹が這うだけで、あっ、と声を洩らしてしまう。

「美咲さんが、いるんですね……」

「いないよ。美咲さんとはなんでもないよ。同じ会社の同期なんだ。それだけだよ」

和香の美貌が上下をはじめる。ねっとりと吸い上げつつ、根元をしごいてくる。

「ぐっ……」

あまりに気持ち良すぎて、また、声を洩らしてしまう。当然のこと、瑞穂の耳にも届いているはずだ。

「またさ、水族館、行きたいよね!」

とっさに弘樹は話題を変え、うめき声を漏らしたことを誤魔化した。だが代わりに電話を切るタイミングは遠のいてしまう。

和香が美貌を上げた。フェラは終わったとほっとしたのも束の間、弘樹の前で、ショートパンツを脱ぎはじめた。

なにをしているんですかっ、と弘樹は目で問う。

和香は妖艶な笑みを向け、舌舐めずりをしつつ、パンティまでも脱いだ。

そしてソファーに座り、瑞穂と携帯で話している弘樹の腰に跨がってくる。

「今度は、水を被《かぶ》らないようにしないとね」

「そうですね。水を被っちゃったから、まだ、半分も見れていないんです」

「そうだったね」

瑞穂と話しながらも、弘樹の視線は和香の恥部に釘付けとなっている。恥毛に飾られた割れ目が開き、ぱくっと鎌首を咥えてきた。

どうにか、うめき声は堪《こら》えた。はやく切りたかったが、こちらからかけたわけでもないし、何より瑞穂が水族館の話をしている時に、こちらからは切れない。

その間に、弘樹のペニスは、人妻和香の蜜壷にすべて包まれてしまった。

なんてことだろう。もう二度と浮気はしないと誓ったその日に、瑞穂以外のおま×こにペニスを入れてしまっていた。

断固拒否すれば、和香も咥えこんではこなかっただろう。そうしなかったのは、駄目ですと言いつつも、やはり弘樹自身が、心のどこかで和香と繋がることを望んでいるのだ。

恥毛と剛毛がからむほどしっかりと一体になった和香が、腰をうねらせはじめた。

弘樹は、ううっ、とうなった。

すると魚の話をしていた瑞穂の声が聞こえなくなった。

「瑞穂っ？　どうかした？」

どうかしているのは自分の方だったが、弘樹はそう訊《き》いた。

和香は腰をうねらせながら、タンクトップも脱いでいく。タンクトップにブラカップが付いているタイプのようで、たわわな乳房が弘樹の鼻先でぷるんっと弾む。

和香がそのふくらみを、弘樹の顔面に押しつけてきた。

携帯を耳に当てたまま、弘樹は、ううっとうなる。顔面が、やわらかなふくらみに包まれ、むせんばかりの牝の体臭に覆われる。

「あ、あの……やっぱり、美咲さんが……」

「いないよ。美咲さんなんていないよ、瑞穂」

和香が、ああっ、と声をあげた。やばい、と思った瞬間、携帯が切れていた。

「浮気なんかするからよ、幸田さん」

「そんな……」

泣きたくなるが、ペニスはびんびんなままだ。どうして小さくならないのだろう。

「突いてっ、ああ、たくさん突いてっ」

弘樹は和香を押しやれなかった。言われるまま、ぐいぐい下から突き上げていく。

瑞穂のことが心配だったが、今、こちらから掛けても意味がない。和香のよがり声をさらに聞かせてしまうだけだ。

「あっ、ああっ……浮気なんかするからよっ……ああっ……これは罰よっ、あなたっ」

「僕はご主人じゃないんですよっ」

「浮気なんか、最低っ」

そう言いつつ、和香は弘樹のペニスをおま×こで貪り食っている。

弘樹は目の前で弾み続けている人妻の乳房を両手で鷲摑みにした。こねるように揉みしだきつつ、下から突き上げる。

「ああっ、いい、いいっ……」

和香が肉悦の声をあげ、さらに腰をうねらせる。

「おうっ、おうっ……」

「他の女のおま×こがっ、そんなにいいのっ、あなたっ……」

「ああ、いいっ、いいですっ……ああ、すいませんっ……このおっぱいも……ああ、おま×こも、ああ、いいですっ」

転勤の辞令が出るまでは、童貞だったのだ。ほんの十日くらい前のことだ。

ところが今は、男になったどころか、浮気をしまくっている。

「あっ、ふうっ……我慢しなさいっ。おっぱいを差し出されても……あんっ……好きな人がいるなら……ああっ、手を出してはだめっ」

「はい。二度とっ、ああ、手を出しませんっ」

そう言いながら、弘樹は和香の乳房を揉みつつ、媚肉の奥まで突き上げていく。

「ああ、おち×ぽを抜きなさいっ、幸田さんっ」

「おおうっ、無理ですっ……ああ、和香さんのおま×こ、き、気持ち良すぎますっ」

「あ、はあああっ……欲望に負けては駄目っ……」

クリトリスを押しつけつつ、和香が火の息混じりにそう言う。

「でもっ、ああ、でもっ……うああ、出そうですっ」

「ああ、出してはだめっ……浮気なんて、駄目っ」

そう言いつつも、和香のおま×こは強烈に弘樹のペニスを締め上げてきた。

「ああっ、ごめんっ、瑞穂っ」

だめだっ、と叫ぶと、弘樹は射精させた。どくどくっ、どくどくっと凄まじい勢いでザーメンが和香の子宮を襲っていった。

第六章　すがり娘と迎え美女

1

「こんな時間にごめんね」

「ううん……」

弘樹は瑞穂のアパートの、瑞穂の部屋のドアの前にいた。午前零時をまわっている。

ドアの向こうにいる部屋着の瑞穂が、またなんとも魅力的だった。

裾が長めのTシャツ一枚だったのだ。太腿の付け根近くまであらわで、ちょっとでも裾がめくれれば、パンティが見えそうだ。

しかも、ノーブラだった。瑞穂の乳房は豊満だから、丸ごとTシャツを突き上げているのがはっきりとわかる。

弘樹は今回は、携帯で連絡も入れずに急に訪ねていた。だから、ノーブラでのお迎えとなったわけだ。

「あの……美咲さんとは銀座で別れた後、会ってないから」

それは本当のことだった。

「それをわざわざ言いに来てくれたのですか。携帯でも良かったのに」

「直接、瑞穂の目を見て言いたくて」

そうですか、と言って、瑞穂が弘樹を見つめる。胸元ではプレゼントしたネックレスが光っている。

瑞穂はなにも言わず、弘樹の胸元に顔を埋めてきた。

弘樹は先ほど和香とエッチした直後に、シャワーを浴びて、ここまでタクシーで来ていた。和香の痕跡はないはずだ。

瑞穂は顔を埋めたまま、しがみついてきた。そしてそのまま、下がっていく。自然と、弘樹も瑞穂の部屋の中に入っていく。

部屋は１ＤＫ。シンプルだったが、カーテンの色やなにかが、やっぱり女の子らしい。そしてなによりも、瑞穂の匂いでいっぱいだった。

弘樹の視界に、姿見が入った。ちょうど、弘樹に抱きついている瑞穂の後ろ姿が映っている。またむらむらと欲望がわき上がってくる。

あの姿見を使えば、ネックレスが揺れるところを見ながら、突けるぞ。

弘樹は瑞穂のTシャツの裾に手を掛け、一気に引き上げていった。瑞穂は逆らわなかった。

純白のパンティがあらわれ、そして、豊かに張ったバストがあらわれた。乳首が少し芽吹いている。

弘樹は瑞穂の乳房にしゃぶりつき、乳首を吸っていく。

「あっ……」

瑞穂の身体がぴくっと動く。愛撫するたびに、感度が上がっている。昼間銀座のホテルで舐めた時より、反応が敏感になっていた。

この俺が、瑞穂を開発しているんだ、と思うと、より瑞穂の身体が愛おしくなる。

美咲の身体や和香の身体には、いろんな男が通り過ぎているはずだ。

でも瑞穂は違う。俺だけだ。俺の愛撫しか知らない。

弘樹は乳首を吸いつつ、パンティに手を掛けた。恥ずかしい、と瑞穂がパンティを押さえる。

弘樹は乳房から顔を引くと、Tシャツを脱ぎ、ジーンズをブリーフといっしょに下げた。弾けるようにペニスがあらわれる。対面座位で和香のおま×こにぶちまけてきたばかりとは思えない。

瑞穂も力強く勃起しているペニスを見て、どこか安心したような表情を見せた。その場に膝をつくと唇を開き、いきなり鎌首を咥えてきた。

「うんっ、うっんっ……」

誰にも渡さない、と付け根まで咥えこんでくる。

「あ、ああっ……瑞穂……」

和香のフェラにはペニスへの愛情が感じられたが、瑞穂のフェラには弘樹本人への愛が感じられた。

感度が上がっているのと同じように、しゃぶるたびに、フェラもうまくなっていた。姿見に仁王立ちの弘樹が映っている。足元にひざまずき、股間に顔を埋めている瑞穂の後ろ姿も映っている。

こうして見ると、ウエストのくびれは絶品だった。折れそうなほどのくびれから、綺麗な逆ハート型を描いて、ヒップが盛り上がっている。

ヒップには、半分脱げかかったちっちゃなパンティが貼り付いている。

瑞穂はポニーテールだった。ペニスに沿って唇を上下させるたびに、ポニーテールが揺れている。

弘樹は揺れる尻尾をつかみ、ぐぐっとペニスで瑞穂の喉を突いていった。

「うっ、ううっ……うぐぐ……」

うめき声を洩らしつつ、瑞穂が弘樹の太腿を摑んでくる。

弘樹はペニスを引くと、四つん這いになって、と言った。

えっ、と瑞穂が見上げてくる。愛らしい瞳がうっすら涙で濡れていた。

「鏡の方を向いて、四つん這いになるんだ、瑞穂」

「あ、あの……ベッドで……」

「ここがいいんだ。さあ、四つん這いだ」

瑞穂を四つん這いにさせるのは、はじめてだ。

「は、はい……」

瑞穂がラグカーペットに両手を着き、弘樹に向けて、ヒップを差し上げてくる。

弘樹はパンティに手を掛け、ぐっと引き剝いだ。

「もっと、お尻をあげるんだ」

「ああ……こんなかっこう……恥ずかしいです」

羞恥の息を洩らしつつも、瑞穂は言われるまま膝を伸ばし、ヒップを掲げてくる。

ぷりっと張った見事な尻たぼに弘樹は手を掛け、ぐぐっと左右に広げる。すると、尻の狭間の奥に、小指の先ほどの蕾《つぼみ》が見えた。

「尻の穴まで丸見えだぞ、瑞穂」

と弘樹はわざとそう言った。

「いやっ、そんなとこ、見ちゃいやですっ」

菊の蕾が、きゅきゅっと収縮した。

嫌がっているというより、弘樹には誘っているように見える。

「綺麗な尻の穴だよ、瑞穂」

「やあ、うそですっ……ああ、恥ずかしすぎますっ……」

恥ずかしすぎる、と言いつつも、瑞穂はヒップを差し上げたままでいる。

弘樹はペニスの先端を、尻の狭間に入れていった。蟻の門渡りを通り、割れ目に触れる。そのまま、バックから突き刺していった。

「あうっ、うう……」

瑞穂のおま×こはきつかった。入れる角度が変わり、あらためて処女膜を破っている気になる。

媚肉はしっとりと濡れていた。乳首を舐めただけだから、恐らく、弘樹のペニスをしゃぶりながら、濡らしていったのだろう。

無垢だった瑞穂も、この週末で女として開花しつつあった。

弘樹はきつく締めてくる肉襞の群れをえぐるようにして、バックから挿入していく。

「う、おお……大きい……うう、大きいです」

バックからだと大きく感じるのだろう。弘樹は完全に貫くと、背中で揺れているポニーテールを摑んだ。ぐぐっと引いて、瑞穂の愛らしい顔を晒しあげる。

鏡に映った自分の姿を目にして、瑞穂が、いやっ、と叫んだ。

かぶりを振り、顔を下げようとする。が、弘樹は尻尾を引っ張り、ぐぐっとペニスで突いていった。

「あうっ……ううっ……」

瑞穂のあごが反る。

「目を開けて見るんだ、瑞穂」

「ああ、恥ずかしすぎます……見られません」

瑞穂は目を閉じている。

弘樹はポニーテールを摑んだまま、抜き差しをはじめる。

「あっ、あうっ……うぐっ……」

ひと突きごとに乳房が弾み、垂れ下がっているネックレスが揺れる。それは、天井からの光を反射し、セクシーに輝いた。

ああ、俺がプレゼントしたネックレスが、バック突きで彼女の胸元で揺れているっ。長年の夢が叶《かな》い、弘樹は感無量となりつつ、抜き差しを強めていく。

「ああっ……ううっ……」

「ネックレスが揺れているよ、瑞穂」

そう言うと、瑞穂が瞳を開いた。突かれるたびに大きく揺れるネックレスを、濡れた瞳で見つめる。

「綺麗だろう、瑞穂」

「あ、ああ……綺麗です……あふうっ、ありがとう……弘樹さんっ……ああ、瑞穂を女にしてくれて……あん、瑞穂とエッチしてくれて……ああ、瑞穂に後ろから入れてくれて……ああ、ありがとう」

もうポニーテールを摑んでいる必要はなくなった。瑞穂自身が上体をぐっと反らし、突かれるたびに揺れるネックレスを、弘樹といっしょに見つめていた。

「ああっ……瑞穂だけにぃ……このおち×ぽ……ああ、入れてください……ああ、瑞穂だけにっ」

瑞穂だけに、と口にするたびに、万力のように媚肉が締まった。

「う、うう……もちろんだよ、瑞穂っ……くうっ……瑞穂のおま×こにしか……いっ……入れないよっ」

もう二度と、美咲や純子、そして和香の誘惑には負けない、と弘樹は誓う。

誓いながら、瑞穂をバックから突いていく。鏡を見つめる瑞穂の濡れた瞳、揺れるネックレス、弾む乳房、突くたびに尻たぼに刻まれるえくぼ。

なにもかもが弘樹を興奮させる。

「瑞穂っ、大好きだよっ」

「ああ、私もっ」

弘樹はより深くバックで突き込むと、射精させていた。

2

翌朝、目が覚めた時には、すでに普段家を出る時間を過ぎていた。

昨夜はバックで出した後、ベッドに上がり、そこでも一発出して、その後、瑞穂と裸で抱き合ったまま眠ったのだ。

この土日でいったい何発出したのか。何人の女とやったのか。

その疲れを受けて、弘樹は泥のように眠ってしまっていた。

弘樹は挨拶もそこそこに瑞穂のアパートを飛び出すと、タクシーを拾い、自宅マンションに戻り、駅へと走った。

前回はじめて遅刻した時は、四発抜いていたが、原因はエッチではなかった。和香の口に一発出した以外は、すべて手こきであった。

けれど今度の遅刻理由は違う。

銀座のホテルで瑞穂と二発、自宅の部屋で和香と一発、そして瑞穂の部屋で二発。皆、きっちりとおま×この中に出している。

我ながら大出世だ、と思いつつ、弘樹はにやにやと口元を弛め、電車に揺られていた。


また遅刻かっ、と課長に怒られ、すいません、と何度も頭を下げた後、トイレに向かうと、純子が近寄ってきた。

相変わらず、純白のブラウスが似合う、なんとも清楚な美人だ。

「今夜、私のマンションに来てくれませんか」

「えっ……」

「美咲がまた、会いたいって。三人で楽しみましょうって」

「今夜はちょっと……予定があって……」

「女子大生の彼女ですか」

「そう……」

「じゃあ、瑞穂さんもいっしょに連れてきてください。四人で楽しみましょう。それに、幸田さんの本当の姿を、瑞穂さんも知っておいた方がいいわ」

「い、いや……遠慮します」

瑞穂が河村純子や島谷美咲とのことを知ったら、即、終わりだろう。それは嫌だった。それに、弘樹が瑞穂と別れた途端、恐らく純子も美咲も、弘樹に興味を無くすだろう。一度に三人の女性を失うことになりかねない。

「遠慮するって、どういうことですか」

エッチの誘いを断られて、純子は驚いていた。

「予定があって……すいません」

と頭を下げて、弘樹は逃げるように男子トイレに入っていった。

ああ、この俺が……二十五まで童貞だったこの俺が、島谷美咲と河村純子とのエッチの誘いを断ったのだ！

なんという快挙だ。瑞穂っ、おまえだけを思う俺の気持ち、受け取ってくれっ。


昼休み——遅刻で仕事開始が遅れた弘樹は、残って事務処理をやっていた。

すると、美咲と純子が弘樹だけのフロアに姿を見せた。どちらも類《たぐ》い希《まれ》なる美貌の持ち主ゆえに、迫られるだけで、どぎまぎしてしまう。

「幸田さん、予定があるそうね」

と美咲が聞いてきた。

「はい。すいません……」

「私と純子の誘いを、断るということね」

「そ、そういうことになりますが……あの予定があるので……仕方がありません」

「予定って、瑞穂さんと会うんでしょう」

「まあ、そうです……すいません」

そんな約束はしていなかったが、そういうことにした。

しかし、どうして謝らなければならないのだろう。いや、謝って当然か。弘樹風情《ふぜい》が、K食品きっての美人OL二人の据え膳を断ったのだから。

「断るの、本気じゃないわよね、幸田さん」

と美咲が近くの椅子に腰掛け、車輪を滑らせるようにして、右手から弘樹に寄ってきた。左手からは椅子に座った純子が寄ってくる。

両手に花だ。けれど、どちらの花にも、強烈な棘《とげ》がある。

美咲がスラックスの股間に手を伸ばしてきた。

「島谷さんっ……」

弘樹はあわてて総務部のフロアを見渡す。今は弘樹しかいないが、いつ、誰が戻ってくるかわからない。

純子がジッパーを下げてくる。あっ、と思った時には、美咲の指がスラックスの中に忍びこんでいた。ブリーフ越しに、なぞってくる。すると、瞬く間に硬くなった。

「瑞穂さんって、そんなに大切な人なのかしら、幸田さん」

鎌首をなぞりつつ、美咲が聞いてくる。

「大切です……ああ、このち×ぽ、瑞穂だけにしか入れません……うう、そう誓ったんです」

「あら、可愛いのね、幸田さん。ますます、今夜いっしょに過ごしたくなったわ」

純子がブリーフを下げてきた。美咲がじかに先端を摑んでくる。純子は根元を摑み、しごきはじめた。

なんてことだ。職場で、美咲と純子にペニスをしごかれている。

これは極上の夢なのか、悪夢なのか、わからない。

「ねえ、マンションに来るでしょう、幸田さん」

刺激が強すぎて、はやくも我慢汁がにじみはじめた。それを見た美咲が、手のひらで先端をなぞりはじめる。

「ああっ……そんなっ……ああっ」

気持ち良すぎて、弘樹は声を出してしまう。マンションの時とは違って、両手に手錠を塡められているわけではなかったが、椅子から動けない。

瑞穂のことを大切に思っているのは間違いなかったが、美咲も純子もいい女過ぎた。

そんなこと、くだらない言い訳だとわかっていても、K食品きっての美人OLに職場でしごかれ、それを拒めるような強靱な意志は持ち合わせていなかった。

「私、幸田さんのお陰で、エッチに目覚めたの。二十五にして、女になった気分なの。だから、もっといいでしょう」

もっと弘樹をいじめて、楽しみたいということか。

瑞穂がいなければ、喜んで、美咲のペットになるのだが……俺には、守るべき女がいるのだ。

「予定があるので……すいません……」

「ひどいわ……」

先端をなぞる手のひらの動きが大きくなる。根元をしごく純子の手も激しくなっていく。

「あっ、だめですっ……ああ、出てしまいますっ……ああっ」

「今夜、付き合ってくださるのなら、お口で受けてあげます」

小悪魔のような表情を浮かべ、美咲がそう言う。

「だめです……ああ、だめです……」

弘樹は腰をくなくなさせて、美人ＯＬの据え膳を断り続ける。

「つまらないわ……」

美咲が我慢汁まみれの鎌首を手で包み、ひねりあげた。

「ああっ……」

弘樹は大声をあげていた。

「だめですっ、だめですっ」

弘樹は懸命に耐えた。が、美咲が鎌首を包んだまま、左右に手のひらを動かしてくる。根元は純子がしごいている。

「ああ、出ますっ……口でっ……」

そう叫んだが遅かった。ペニスが脈動する寸前、美咲がさっと手を引いていた。勢いよく噴き出したザーメンが、弘樹のネクタイを直撃していた。

3

弘樹を見つけた瑞穂が、しなやかな腕を上げ、こちらに向かって手を振ってくる。

弘樹も思わず笑顔になり、手を振り返す。午後八時をまわった本社近くの繁華街。ワンピース姿の瑞穂が、弘樹に向かって駆け寄ってくる。

弘樹は夕飯を食べよう、と瑞穂を誘っていた。瑞穂と会っていないと、美咲と純子の誘いに乗ってしまいそうだったからだ。瑞穂がそばにいれば、股間を疼かせ、ふらふらとタワーマンションに向かうことはない。

お洒落なワンピース姿の瑞穂は大人っぽく見えた。身体の曲線が露骨にわかるデザインで、高く張った胸元や、くびれた腰のラインが眩しい。

瑞穂だけを見ていよう。美咲や純子とは絶対やらない。

今日は、あの二人の誘惑に乗ってしまうと、ろくなことがないと思い知った。汚れてしまったシャツとネクタイをこっそり代えるのだって大変だったのだ。

この近くに話題のパスタ屋があると瑞穂が言った。じゃあそこにしよう、と弘樹も応じ、二人は店へと向かった。

パスタ屋はお洒落だった。客はカップルか、女同士ばかりだ。料理は美味しく、弘樹は満足だった。まあ瑞穂といっしょに食べれば、なんでも美味しく感じるのだが。

ここまでは良かった。が、店を出て駅へと向かっていると、瑞穂が弘樹の腕にしがみついてきた。

どうしたの、と瑞穂を見る。瑞穂は斜め前を見ている。

「……美咲さん……」

とつぶやく。

美咲と純子が雑踏の中を歩いていた。美咲はワンピース姿、純子はブラウスにスカート姿だ。二人ともノースリーブで、ワンピースとスカート丈は短めだった。

剝き出しの白い二の腕や、半分近く露出している白い太腿が、雑踏の中でとてもセクシーに映えている。

二人がこちらに気付いた。しなやかな腕を上げて、振ってくる。美咲と純子の腋の下が、同時にあらわとなり、弘樹はどきりとした。

駅前の雑踏の中で目にする、美人たちの腋の下は、とてもそそった。

美咲と純子は手を振りながら、こちらに近寄ってくる。

すれ違う男たちが皆、美咲と純子の美人二人組に目を向けている。

弘樹も二人から視線を離せなくなっていた。

「こんばんは」

と美咲が瑞穂に向かって挨拶をしてきた。

「こちら、瑞穂さん。こちら、親友の純子。幸田さんと同じ総務部なのよ」

と美咲がすぐさま、瑞穂と純子を互いへと紹介する。

「あら、こちらが噂の瑞穂さんね。可愛い方だわ」

と純子が瑞穂を吟味するように見つめる。

瑞穂は女の勘で、弘樹が純子ともなにかあるのでは、と気付いたような表情を浮かべた。これはまずい。はやく、二人から離れないと。

だが、じゃあこれで、という言葉が出てこない。美咲と純子から目を離せないでいた。

瑞穂が隣にいるのに、なにをやっているんだ、と思うのだが、美咲も純子もいい女過ぎた。

「こんなに素敵な彼女とデートだったから、私たちを振ったのね、幸田さん」

と美咲が言う。

「振った……？」

と瑞穂がつぶやく。

「そうなの。タワーマンションに誘ったんだけど、予定があるからって、断ったの」

「タワーマンションに住んでいらっしゃるんですか」

「そう。二人で借りているの。幸田さんも何度か来たことがあるのよ」

艶めいた眼差しで弘樹を見つめながら、美咲がそう言った。

「そうなんですか……」

「そうだ。これからマンションで四人で飲みませんか」

と美咲が弘樹と瑞穂を交互に見ながら、そう言った。

「いや、あの……」

と断ろうとしたが、

「いいでしょう。幸田さんを虜《とりこ》にしている瑞穂さんのこと、知りたいし」

と美咲が瑞穂に抱きついていく。

あっ、と瑞穂が声をあげた。美咲も瑞穂も高く胸元が張っている。その魅惑のふくらみ同士が、重なり、押し潰しあっている。

雑踏の中で抱き合う、美咲と瑞穂の姿はなんともセクシーだった。

弘樹は思わず、見惚れていた。

「さあ、行きましょう」

と純子が弘樹の手を握ってきた。五本の指を五本の指にしっかりとからめてくる。

「……河村さん……」

振り解こうとするが、振り解けない。

まずい、と瑞穂の方を見ると、瑞穂の指に、美咲が指をからめていた。

純子がタクシーを拾った。さあ乗って、と弘樹を後部座席に押しやっていく。振り向くと、美咲もタクシーを拾っていた。

瑞穂が押し込まれていく。大変なことになりそうだった。

「瑞穂さん、素敵な女性ですね。処女を捧げてもらったなんて、男冥利に尽きますね」

純子がそんなことを言う。弘樹は運転手に聞かれていないかと、冷や冷やする。

「なにを企《たくら》んでいるんですか」

「あら、人聞きが悪いですよ、幸田さん。四人で仲良く、お酒を飲むだけです」

純子の手が伸びて、スラックス越しに太腿をなぞってくる。それだけで、ぞくりとした刺激を覚える。

情けないが、純子の手を払えない。ノースリーブのブラウス姿の純子は、清楚でありつつセクシーだった。

エッチしようと思えば、純子を抱けるのだ。ご馳走が目の前に出されている状態だ。

いや駄目だ。絶対、エッチなんかしない。断固、拒否するのだ。

「二時間くらいは付き合ってくださいね。帰るなんて言ったら、この写メを瑞穂さんに見せるから」

と純子が携帯のディスプレイを弘樹の前に出してきた。

椅子に手錠で繋がれ、勃起させたペニスをひくつかせている写メだ。

こんなもの、瑞穂が目にしたら、そこで終わりだった。

4

「すごく素敵な部屋ですね」

三十五階の広々としたワンルームに入った瑞穂は、興奮気味に都会の夜景を見下ろしている。その背後で、純子がブラウスを脱ぎ、それを見て、美咲もワンピースを脱ぎはじめる。

「島谷さん……河村さん……」

弘樹はどうすることも出来ずにいる。

純子がブラとパンティだけになった。色は白だったが、かなりのシースルーで、乳首やヘアーが透けていた。

その隣で、美咲もブラとパンティだけになる。こちらは黒だった。パンティがかなり大胆で、フロントの割れ目部分だけがかろうじて隠れていた。

夜景に見惚れていた瑞穂が振り返った。

ブラとパンティだけになっている美咲と純子を見て、あっ、と目を丸くさせる。

「さあ、飲みましょう。瑞穂さんもビールでいいかしら」

と美咲が瑞穂に聞く。

「は、はい……すいません……」

「瑞穂さんも脱いだら、どうかしら。寛《くつろ》げるわよ」

そう言って、美咲がキッチンへと向かう。Tバックから丸出しの双臀が、ぷりっぷりっとうねっている。

それを瑞穂の前で、弘樹は見つめていた。どうしても目を離せない。帰りますとも言えない。手錠で繋がれた写メが、瑞穂の前に突きつけられてしまう。

美咲と純子が並んで座り、その差し向かいのソファーに、弘樹と瑞穂が座った。そして、グラスに注いだビールを手にして、乾杯をする。

「幸田さんって、いじわるなの。私たちが誘っても、俺は瑞穂だけだって、会ってくれないのよ」

そんな話をしている美咲が、左右揃えて、斜めに流している生足がたまらない。

いや、たまらないのは生足だけではない。黒のブラから今にもこぼれそうなバストも、割れ目だけを隠した恥部も、たまらなかった。

その隣の純子がまた、そそるかっこうをしている。透け透けのブラからは乳首が見え、パンティからは、べったりと貼り付いた恥毛が見えている。

「可愛らしい瑞穂さんが隣にいるのに、どうして、私たちばかり見ているのかしら、幸田さん」

と純子が小悪魔の目になり、そう聞いてくる。

「そ、そんなことは、ないです……」

弘樹はビールをごくごくと飲む。が、視線は美咲と純子から離れない。

「あの……私も……脱いで、いいですか」

えっ、と弘樹は瑞穂を見る。

「いいわよ。瑞穂さん、脱いじゃいなさい」

と美咲が言う。

「駄目だよ、瑞穂。脱いでは駄目だよ」

「どうしてですか。弘樹さんに、私のことも見て欲しいんです」

弘樹を見つめる瞳には、うっすらと涙がにじんでいる。

「なんて可愛い子なの。幸田さんなんかには、もったいないわ」

と純子が言う。その通りだ。俺なんかにはもったいない。だから大切にしなくてはいけない。それに、この小悪魔たちの色に染めてもいけない。

帰らないと。

「そろそろ、失礼しようか、瑞穂」

と弘樹は立ち上がった。

「あら、これからじゃないの、幸田さん」

と美咲と純子も立ち上がり、弘樹の腕を摑んでくる。

「帰ります。さあ、瑞穂、帰ろう」

弘樹の正面に立った瑞穂が、ワンピースのボタンに手を掛けていった。弘樹をじっと見つめながら、一つずつ外しはじめる。

「なにをやっているんだいっ。瑞穂は脱がなくていいよっ」

胸元がはだけ、淡いピンクのブラに包まれた隆起があらわれる。

「私のこと、やっと見てくれましたね、弘樹さん」

そう言いながら、さらにボタンを外していく。平らなお腹があらわれ、淡いピンクのパンティがあらわれる。

「瑞穂……」

確かに、瑞穂がワンピースを脱ぐまで、弘樹はずっと美咲と純子のランジェリー姿に目を奪われていた。

「さあ、飲み直しましょう」

と美咲と純子が瑞穂の腕を摑み、ソファーに座らせる。三人並んだ差し向かいに、弘樹はあらためて座る。

向かって右から美咲、瑞穂、純子。三人とも、ブラとパンティだけだ。

なんて眺めなんだろう。どの胸元を見ても、どの股間を見ても、垂涎《すいぜん》ものである。

それが三つも並んでいるのだ。

驚くことに、三人とも、俺とやっている。そして三人とも、俺のペニスを欲しがっている。弘樹が望めば、3Pどころか4Pさえ可能かもしれない。もちろんそんなことをやろうとした途端、瑞穂には振られてしまうだろうが……。

美咲も純子も白い喉を晒して、ごくごくとおいしそうにビールを飲んでいる。

「ああ、暑くなってきたわ」

そう言うと、美咲が黒のブラを取った。豊満なふくらみがあらわとなる。すでに乳首はしこっていた。つい数日前まで、彼氏とのエッチでも、暗がりで受け身だった同じ女とは思えない。

私も、と純子もシースルーのブラを外していく。形良く張った乳房があらわれた。こちらの乳首もしこっている。

「幸田さんも、暑くなってきたんじゃない？」

そう言いながら、右手から美咲が左手から純子が、乳房を揺らしつつ、迫ってくる。弘樹だけ、ジャケットすら脱いでいない。でも脱いだら駄目だ。4Pへと突入してしまいかねない。

美咲がネクタイに手を伸ばしてきた。純子がスラックスのベルトを緩めはじめる。

「ま、待ってくださいっ……ああ、瑞穂がいるんですっ……」

「だから、幸田さんの本当の姿を見せてあげたい、と思って」

そう言いながら、美咲がネクタイを外していく。

「本当の姿、見たいです」

と正面に座っている瑞穂がそう言う。こちらを見つめる瞳には、嫉妬だけではなく好奇心も混ざっていた。

「ほら、瑞穂さんも見たいって」

「瑞穂……」

「私、まだ帰りたくありません」

ネクタイを外され、ジャケットを脱がされる。そして、スラックスといっしょにブリーフも下げられた。

弾けるようにペニスがあらわれ、弘樹は思わず、両手でペニスを隠していた。

「なにしているの、幸田さん」

と美咲が弘樹の手を摑み、脇にやろうとする。さっきまでは弘樹だけ服を着ていたが、今は弘樹だけが股間をあらわにさせていた。

「誰を見て、こんなにさせているんですか」

そう言いつつ、左手から純子が手を伸ばし、反り返ってひくつくペニスを摑んできた。

「あっ、や、やめてくださいっ……」

瑞穂の目の前で、純子にしごかれ、弘樹は狼狽《うろた》える。

「ねえ、誰を見て大きくさせているの、幸田さん」

「瑞穂です……瑞穂しか……見ていません」

「あら、そうかしら」

と純子が左手から弘樹の頬に乳房を押しつけてきた。

「ああ、やめてください」

右手からも美咲が手を伸ばし、ペニスの先端を撫でつつ、乳房を弘樹の頬に押しつけてくる。

「ああっ……おねがいです……やめてくださいっ」

最悪の姿を、瑞穂に見せてしまっている。ペニスを小さくしなくては。瑞穂の前で、美咲と純子に責められ、ペニスを大きくさせているのでは、言い訳が出来ない。

嫌がっていることを示すには、ペニスを小さくさせるしかない。でも、無理だった。

右から左から、股間を疼かせる体臭が薫ってきている。

それだけでも勃起ものなのだ。しかも、純子の手こきが絶品だった。

「弘樹さんは……美咲さんだけじゃなくて……あの……純子さんとも……」

「なにもないんだっ。俺は瑞穂だけなんだっ」

立ち上がるのだっ。今夜は手錠を嵌められているわけではない。それなのに、身体が動かない。

瑞穂だけだと言いつつも、この状況を楽しんでいるんじゃないのか、と自分自身に問い掛ける。

いや、楽しんでなんかいない。楽しんでなんかいないないぞっ、瑞穂っ。

純子の手と乳房、そして美咲の手と乳房が離れた。

立つんだっ。瑞穂の手を取って、はやくここから出るんだっ。

弘樹は立ち上がろうとした。が次の瞬間、腰から力が抜けていった。純子がペニスにしゃぶりついてきたのだ。

「あっ、うそ……」

瑞穂が目を丸くさせている。

純子が鎌首から美貌をあげるなり、すぐさま右手から美咲がしゃぶりついてきた。

な、なんてことだ……瑞穂の前で……ダブルフェラをされている……振り払えっ……はやく、二人の舌を振り払うんだっ。

たっぷりとしゃぶった美咲が、鎌首から唇を引いた。すると左手から純子が鎌首に舌をからめてきた。美咲も右手から舌を這わせてくる。

「あ、ああ……」

悩ましい吐息を洩らしつつ、純子と美咲がぺろぺろと鎌首を舐めてくる。時折、純子と美咲の舌と舌が触れあった。

5

「瑞穂、これは違うんだっ……見ないでくれっ」

「綺麗……おしゃぶりする美咲さんと純子さん……とても綺麗です」

と思わぬことを、瑞穂がつぶやいた。

「瑞穂さん、見ているだけじゃなくて、こちらにいらっしゃい」

と純子が手招く。すると瑞穂はソファーを立ち、こちらに寄ってきた。

そばに寄りつつ、瑞穂もブラを取っていった。美咲や純子よりひとまわり豊かなバストが、ぷるるんっと弾んだ。

そして、瑞穂がソファーに腰掛けたままの弘樹の正面に膝をついてくる。

相変わらず、右手から美咲が、左手から純子が鎌首に舌をからめている。

すでに我慢汁がにじみ出していた。それを美咲と純子が交互に舐め取っている。

「私も綺麗にします」

と正面から瑞穂が舌を伸ばし、我慢汁を舐めはじめた。

島谷美咲、河村純子、そして椎名瑞穂の舌が、弘樹の鎌首を這っている。鈴口からにじんでくる我慢汁を三人が競うように舐め取っていく。

てっきり、怒った瑞穂が出て行くとばかり思っていた。女はわからない。

時折、美咲や純子の舌先が、瑞穂の舌に触れた。最初は、さっと瑞穂が舌を引いていたが、そのうち引かなくなっていた。

「幸田さん、もっとお汁を出してください」

と純子がこちらを見上げて言う。すると、美咲と瑞穂も弘樹を見上げてきた。

いずれ劣らぬ三人の美女に見上げられ、興奮のボルテージが一段と上がった。

どろり、と我慢汁があふれていった。

すると、美咲たちはうれしそうに、舌をからめていく。

極楽だった。もしかして、このまま本当に夢の４Ｐへとなだれこめるのか。

弘樹の脳裏に、美咲、純子、そして瑞穂が尻を差し出し、入れてください、と競うようにうねらせている恥態が浮かんだ。

その途端、弘樹は暴発させていた。真正面の瑞穂の愛らしい顔を、勢いよく噴き出したザーメンが直撃する。

「あっ……瑞穂っ……」

暴発させたら止められない。どくっ、どくどくっ、と瑞穂の額や目蓋、小鼻や唇を白く汚していく。

「なんてことを……ああ、ごめん、瑞穂」

大量の白濁を受けた瑞穂は、愛らしい顔をしかめることなく、むしろ、うっとりとした表情を見せていた。

「綺麗よ、瑞穂さん」

そう言うと、純子が瑞穂の顔に美貌を寄せて、あごから垂れているザーメンをぺろりと舐めていった。

「純子さん……」

純子の舌が、瑞穂のあごから頬へと這っていく。瑞穂は舐められるままに任せている。すると美咲も瑞穂の頬に舌を伸ばしていく。

「なんてことだ……美咲さんまで……」

顔射を受けた瑞穂。そこに舌をからめる純子と美咲。

綺麗だった。瑞穂が一段と大人の女になったように見えた。

弘樹のペニスが萎える前に、あらたな力を帯びはじめる。

「あら、もう大きくなっているわ。すごいわ、幸田さん」

弘樹のペニスに目を向けた純子が、立ち上がると、シースルーのパンティを脱いでいった。やや濃い目の翳りがあらわれる。清楚な美貌なだけに、その濃さが妙にそそる。

純子がソファーに上がった。弘樹の股間を白い足で跨いでくる。

「な、なにするんですか」

「私のおま×こ、欲しいでしょう、幸田さん」

そう言うなり、純子が腰を下げてくる。割れ目が、鎌首に迫る。

「いけませんっ」

弘樹は純子を押しのけようと、くびれた腰を掴んだ。けれど、強く押しやれない。

その間に、純子が対面座位の形で繋がってきた。

うそっ、と叫ぶ瑞穂の声が聞こえた。瑞穂の姿は、純子の裸体が邪魔となって見えない。

ずぶぶっ、と蜜壺にペニスが呑み込まれていく。純子の媚肉は、すでに愛液でぐしょぐしょだった。

「ああ、硬いわ、幸田さん」

恥毛と剛毛がからみあうくらい深く繋がると、純子が腰をうねらせはじめた。

「う、ああっ、やめてくださいっ……ああ、純子さんっ……」

やめて、と言いつつ、弘樹は純子のおま×こにペニスを包まれたままでいる。

ペニスから下半身までとろけていき、為すがままとなっている。

「このおち×ぽ、瑞穂さんだけにしか入れないはずでしょう。どうして、私の中に入っているのかしら」

自分から咥えこみつつ、純子がそんなことを言う。まさに悪女だ。

「あ、ああ……やめてください……瑞穂っ、これは違うんだっ……あっ、ああっ……離れてください」

なぜなのか、瑞穂が目の前にいると思うと、さらにペニスが痺れていく。あまりに気持ち良すぎて、純子を強く突き放せない。

「あ、はああっ……硬いわ……んああ、すごく硬い……ああ、い、いいっ」

弘樹の股間で下半身をのの字にうねらせ、純子が貪り食っている。

「私も食べたいわ……」

そう言って、そばに立った美咲が黒のパンティを脱いでいった。純子が腰を引き上げていく。

「ああ……」

純子の割れ目から、愛液まみれのペニスがあらわになっていく。

と同時に、顔射を受けたまま、床にひざまずいている瑞穂と目が合った。

が、それはほんの一瞬だった。すぐに美咲が跨がってきたのだ。

「あっ、だめですっ……」

と弘樹は逃げようとした。が、だめ、と隣に座った純子が弘樹の腰を押さえ、その間に美咲が対面座位で繋がってきた。

「うあっ……」

深々と咥えこみ、美咲があごを反らす。

「ああん、大きいっ……あう、すごく大きいのっ」

美咲の裸体が弘樹の腰の上でうねりはじめる。弘樹はそれを拒むことが出来ずにいる。最悪だった。もう瑞穂とは終わりだろう。あろうことか、目の前で浮気をしているのだ。これ以上の、別れる理由があるだろうか。

美咲が弘樹の股間から離れていった。

純子と美咲の愛液まみれのペニスの向こうに、瑞穂がいる。

瑞穂はつぶらな瞳に涙を溜めていた。無言のまま、二人の愛液にまみれたペニスにしゃぶりついてくる。

「あっ、ああっ……瑞穂ぉっ……」

瑞穂の愛らしい顔には、顔射の名残があった。小鼻や頬を白濁で光らせたまま、弘樹のペニスを根元まで咥えこんでくる。

「あら、すごいわ。全部、頰張るなんて」

瑞穂の頬が、弘樹の剛毛で埋まる。瑞穂は苦しそうな表情のまま、根元まで咥えこみ続けている。そのまま頬を窪め、ちゅうっと吸ってくる。

「ああっ……瑞穂っ……」

瑞穂の愛らしい顔が、真っ赤になっていく。けれど、顔を上げない。このち×ぽは誰にも渡さない、という強い思いがひしひしと感じられた。

さすがにつらくなったのか、はあっ、と声を洩らして、瑞穂が顔を上げた。

けれどすぐにまた、弘樹のペニスにしゃぶりついてくる。奥まで呑み込み、吸い上げてくる。

「う、ううっ……ううっ……」

「瑞穂……ああ、瑞穂……」

ペニスが根元から吸い取られそうな感覚を覚える。

瑞穂が顔を引いた。そして、パンティを脱いでいった。

「瑞穂……出よう……ここから、出よう」

瑞穂はかぶりを振り、ソファーに上がって来た。弘樹の腰を跨ぎ、美咲や純子と同じように、対面座位で繋がろうとしてくる。

「なにをするんだっ、瑞穂っ」

「私だけのおち×ぽでしょう、弘樹さん」

「そうだよ。ごめんよ。ゆるしてくれ、瑞穂」

「ください、弘樹さん。美咲さんや純子さんの前で……ああ……瑞穂にください」

すがるような目を向けてくる瑞穂は、凄艶《せいえん》なまでに美しかった。

わかった、と言うと、弘樹は瑞穂のくびれた腰を摑んだ。そして、瑞穂の唾液に塗り変えられた鎌首を突き上げていく。

と同時に、瑞穂が腰を下げてくる。先端が割れ目に触れるや、そのまま突き上げた。

野太い鎌首が、瑞穂の割れ目を突き破っていく。

「あうっ……」

瑞穂の眉間に縦皺が刻まれる。

「痛いかい」

「ううん……もう……うう……痛くなんか……ああ、ないです……」

ずぶぶっとペニスが瑞穂の中に入っていく。

「ああっ、いっぱいです……弘樹さんのおち×ぽで……あふあ、いっぱいですっ」

瑞穂が弘樹にしがみついてきた。若さが詰まった乳房が、胸元に押しつけられる。

弘樹は自らの手でワイシャツを脱ぎ捨てた。あらためて、瑞穂が弘樹の胸板に乳房をこすりつけてくる。

「瑞穂っ」

弘樹は美咲と純子が見ている前で、瑞穂のあごを摘み、その唇を奪っていた。

ぬらりと瑞穂の方から舌をからめてくる。ぴちゃぴちゃ、ぬちゃぬちゃ、と淫らな音を立てて、お互いの舌を吸い合う。

弘樹はぐいぐい突き上げていく。すると、ああっ、と声をあげ、瑞穂が倒れそうになる。それを美咲と純子が支えてきた。そしてそのまま、美咲が背後から右の乳房を摑み、純子が左の乳房を摑んできた。

弘樹の目の前で、瑞穂の豊満な乳房が、二人の美女たちの手で揉まれている。

極上過ぎる眺めに、瑞穂の中でペニスがさらにひとまわり太くなっていく。

「う、くう……」

瑞穂がつらそうな表情を浮かべる。

「中で大きくなったのね、瑞穂さん」

と純子が問い、瑞穂がうなずく。

「幸田さん、本当に瑞穂さんのこと好きなのかしら」

と美咲が聞く。

「好きです。瑞穂だけです」

「本当かしら」

美咲が小悪魔のような目を弘樹に向けてくる。なにかよからぬことを企んでいる目だった。

美咲が瑞穂になにか囁きかける。瑞穂がこくんとうなずいた。そして、対面座位を解くように、立ち上がっていった。

「あっ、ああ……瑞穂……」

強く締めたまま、媚肉が引き上がっていく感覚に、弘樹は腰を震わせる。瑞穂の顔に一度射精させていたから、どうにか暴発せずにいられた。

瑞穂、美咲、そして純子がソファーから降りた。

フローリングの床に美咲と純子が両手を着いていく。そして膝を伸ばし、弘樹に向かって、双臀を差し上げていく。

「瑞穂さんも、ほら。幸田さんにどのおま×こに入れたいか、選んでもらうのよ」

と美咲が言う。瑞穂はうなずくと、美咲と純子の間で、四つん這いになる。

「瑞穂……そんなこと……しなくても……俺は瑞穂だけだよ」

「そうかしら。さあ、どのおま×こがいいか、選んで、幸田さん」

そう言って、純子が掲げた双臀をうねらせはじめる。美咲も挑発するように、双臀をうねらせはじめた。

弘樹はソファーを下り、三人の前に立った。美咲、瑞穂、純子という、とびきりの女たちが、素っ裸で四つん這いになっている。

皆、弘樹のペニスを欲しがっているのだ。入れてもらいたがっているのだ。

美咲が誘い、純子が誘う。弘樹の視線は落ち着かない。瑞穂だけだ、と言いつつ、尻のうねりに視線が引き寄せられていく。

「さあ、一つだけ、入れてください、幸田さん」

そう言って、美咲がさらに尻を差し上げてくる。それに倣《なら》って、純子も尻をうねらせつつ、差し上げてくる。瑞穂だけ、尻を上げてこない。

「どのおま×こがいいかしら、幸田さん」

美咲と純子が誘ってくる。どちらも生唾ものだ。それでいて、弘樹の視線は、瑞穂のヒップに向きはじめていた。

「瑞穂さん、あなたもお尻を振らないと、選ばれないわよ」

と美咲が瑞穂に言う。

「ああ……すごく恥ずかしくて……い、今、こんなことしているだけでも……ああ、信じられなくて……」

瑞穂は尻を差し上げるどころか、下げはじめていた。懸命に恥ずかしさに耐えている姿は、なんともいじらしかった。

いつの間にか、弘樹の視線は瑞穂の尻に釘付けとなっていた。左右で、極上の双臀がうねっているのに、瑞穂のヒップしか目に入らなくなっていた。

俺はこの尻だけがあればいい。瑞穂の穴があればいい。他の尻も、他の穴も、いらないんだ——。

弘樹は瑞穂の尻たぼに手を伸ばしていた。瑞穂の裸体がぴくっと動く。自分が選ばれて、緊張しているように感じた。

弘樹は尻たぼをぐっと広げると、びんびんのペニスを突きつけていった。先端が蟻の門渡りに触れたとき、瑞穂が、

「弘樹さん……私で、いいんですか」

と聞いてきた。

「当たり前じゃないか。瑞穂がいいんだよ。瑞穂の穴に入れたいんだよ」

「でも、美咲さんも……純子さんも……すごく素敵な人で……ああ、私なんか……」

弘樹は鎌首を瑞穂の割れ目に当てた。

「好きだよ、瑞穂」

そう言うと、弘樹はずぶりと突き刺していった。

「あひっ、入ってきますっ……ああ、弘樹さんのおち×ぽ……んああ、瑞穂に入ってきますっ」

「瑞穂さんのどこに入っているのかしら」

と美咲が聞いてくる。

「ああ、ああ……お、おま×こですっ……み、瑞穂のおま×こが、ああ、弘樹さんのおち×ぽで……うああっ、いっぱいになっていきますっ」

「良かったわね、瑞穂さん」

「うれしいですっ……ああ、美咲さんや……うふうっ、純子さんのおま×こが……そばにあるのに……あんっ、弘樹さん……ああ、私の……ああ、おま×こに……い、入れて……ああ、くださったんですっ」

「お尻を振るのよ、瑞穂さん」

と純子が言う。

はい、と瑞穂が串刺しにされているヒップをうねらせはじめる。

弘樹は尻たぼに十本の指を食い込ませ、ぐいぐいと突いていく。

「あっ、ああっ……弘樹さんっ」

瑞穂の媚肉は強烈に締まっていた。そこをえぐるようにして、突いていく。

「うらやましいわ。とても幸せそうな顔をしてる」

と美咲が瑞穂の頬を撫でていく。

「私も、幸田さんのようなおち×ぽを探さないといけないわね」

「あひいっ……幸せですっ……ああ、弘樹さんのおち×ぽで突かれて……ああ、瑞穂、幸せですっ」

「くああ、瑞穂ぉっ。出そうだっ」

「くださいっ。いっぱい、瑞穂の子宮に……んああ、弘樹さんのザーメンを……ああ、くださいっ」

「出るよっ、ああ、出るよっ」

「ああーっ、私も、……いくっ、いくいくううっ」

初めて絶頂を告げ、瑞穂は仰《の》け反《ぞ》ってきゅううと秘肉を締め上げる。

おうっ、と吠えて、弘樹はザーメンを放った。どくっ、どくどくっ、と勢いよく噴き出し、終わりがないくらい脈動を続けた。


その日を境に、純子も美咲も誘ってこなくなった。弘樹は少しだけ寂しかったが、瑞穂の笑顔を見るたび、瑞穂を選んで良かった、と思った。

きっと、ふらつく弘樹の気持ちをはっきりさせるために、純子と美咲が瑞穂をタワーマンションに誘ったのだと思った。

6

「はっ、恥ずかしいっ……ああ、見られちゃいますっ……ああ、恥ずかしいっ」

瑞穂が恥ずかしい、と口にするたびに、おま×こが強烈に締まってくる。

弘樹は今、立ちバックで瑞穂と繋がっていた。

瑞穂は広々とした窓に両手をついている。視線の先には、いくつもの飛行機が見える。ここは羽田空港そばのシティホテル。滑走路が見える部屋をとっていた。

転勤の辞令を受けて、ひと月が過ぎようとしていた。今日が出発の日だった。午前中にマンションを出払い、昼過ぎ、大学を休んだ瑞穂と羽田のシティホテルで待ち合わせた。

マンションでは、和香が見送ってくれた。タンクトップにショートパンツという、相変わらずの色気むんむんの姿の和香を見て、もう一回くらいやっておけばよかったな、と思った。

和香の夫はまだ浮気をしているようだったが、外泊することはなくなったと聞いていた。部下の子の身体にもう飽きてきているのかもしれなかった。短期間で飽きるのなら、それだけの関係だったとも言えた。

弘樹は何百回、何千回、何万回、瑞穂とエッチしても、飽きないと思った。

美咲や純子のおま×こがそばにある中で、選んだおま×こだから。

「ああっ、おおあっ……」

瑞穂はエッチするたびに、感度が上がっていた。二十歳の女子大生の身体が、俺の色に染まりつつある、と思うと、それだけで感激する。

弘樹は弾むバストを鷲摑みにして、こねるように揉みしだきつつ、バックからぐいぐい突いていく。

「いい、いいいっ……ああ、弘樹さんのおち×ぽ、大好きですぅっ」

瑞穂の歓喜の声が、ホテルの部屋に響き渡る。午後二時にチェックインしてすぐに、裸になり、繫がりあっていた。

弘樹は最終便で、九州に発つことにしていた。それまで、やってやって、やりまくるつもりでいた。

弘樹は仕事があり、瑞穂は大学がある。だから、しばらくは会えない。会えないということは、おま×こ出来ない、ザーメンを中出し出来ないことを意味している。

転勤先では、自分でしごいて、ティッシュに出す日々が再びはじまることになる。嫌だったが仕方がない。転勤を断るわけにはいかない。断っても、クビにはならないものの、出世コースからは外れてしまう。

「ああ、いくよっ、瑞穂っ」

「ああっ、くださいっ……瑞穂にくださいっ」

「出るっ」

滑走路から飛び立つ飛行機を見つつ、弘樹は瑞穂に放った。

「あああ、いくぅ、いっちゃうぅっ……」

立ちバックでザーメンを浴びせられ、瑞穂が瑞々しい裸体を震わせる。

たっぷりと注ぐと、萎えたペニスが抜けていった。

すると支えを失ったように、瑞穂がその場に膝をついていった。そしてすぐに、ザーメンまみれのペニスにしゃぶりついてくる。

根元まで咥えこみ、じゅるっと吸ってくる。

「ふふっ、くすぐったいよ、瑞穂」

弘樹は腰をくなくなさせて、逃れようとする。が、瑞穂は弘樹の尻に手を回し、押さえたまま、吸ってくる。

瑞穂の口の中で、弘樹のペニスが、ぐぐっぐぐっとたくましくなっていく。

フェラも瞬く間に上達していた。うれしい反面、拙かった頃も良かったのに、と思う。瑞穂は根がまじめで頑張り屋だった。だから、フェラも少しでも弘樹に気持ち良くなってもらおうと、頑張ってしまうのだ。

「ああ、すごい、もう、こんなに……」

自分の唾液まみれのペニスを、瑞穂は眩しそうに見つめる。

そして立ち上がると、ペニスを掴み、真正面から繋がってきた。瑞穂にしては、かなり大胆な行動だ。

「あふあっ……いっぱい……このままずっと、弘樹さんのおち×ぽを……ああ、瑞穂のおま×こで……ああ、感じていたいです」

豊満に張っている乳房を弘樹の胸板に押し潰すようにして、しがみついてくる。

「瑞穂っ、今日は袋がからからになるまで、おま×こに出し続けるよ」

「ああ、次、瑞穂と会うまで勃たないくらいに、んああ、たくさん、出してくださいっ。瑞穂の子宮を白く染めてくださいっ」

「出すよっ、出しまくるよっ」

弘樹は繋がったまま、ベッドへと移動していく。その間も、瑞穂のおま×こは離すまいと締まっている。

繋がったまま、抱き合ったまま、ベッドに倒れていった。たわわなバストが弾み、ネックレスが輝く。弘樹は瑞穂の長い足を持ち上げ、それを胸元に倒すようにして、深く突き刺していく。

「あんっ、もっと、奥まで……あああ、瑞穂を串刺しに……してくださいっ」

転勤なんかしたくなかった。でも転勤の話が出たから、瑞穂とこうして繋がっていられるのだ。

オナニーの日々には戻りたくないっ。ああ、ずっと瑞穂のおま×こに出し続けたいっ。

7

午後十時過ぎ、九州北部の都市の空港に着いた。

弘樹は飛行機の中ではぐっすりと眠っていた。夕方までに、五発も瑞穂のおま×こに出していた。

ふらつきつつ、到着口から出る。すると、とてもお洒落な女性が近寄ってきた。

「いらっしゃい、幸田くん」

「あっ、美沙先輩っ。迎えに来てくださったんですか」

弘樹を男にしてくれた藤野美沙は、超ミニのスカートにノースリーブのブラウス姿だった。

あぶらの乗った太腿を目にした瞬間、五発出してしばらく勃たないだろうと思っていたペニスが、むくっと頭をもたげはじめていた。

弘樹の転勤先の支社には、美沙の知り合いがいて、到着時刻を教えてくれたそうだった。

これから、この九州の地で美沙と何度も会えるのだと思うと、股間がむずむずしてくる。いや駄目だ。瑞穂としかエッチしない、と誓ったじゃないか。でも、会うだけならいいのでは。でも、会ったら、エッチしそうだ……。

そんなことを考えながら、美沙の車の助手席に乗る。

美沙の白い太腿がいやでも目に入ってくる。超ミニがたくしあがり、今にもパンティが見えそうだ。思わず、手を伸ばしたくなるが、瑞穂としかエッチしないんだ、と言い聞かせる。

空港は中心地から離れた場所にある。中心地に向かって飛ばしていると、ラブホのネオンが目に入ってきた。

「ちょっと休んでいこうか、幸田くん」

そう言うなり、美沙がハンドルを切った。ラブホの駐車場へと入っていく。

「あの……僕……その……」

「どうしたの、幸田くん」

エンジンを切ると、美沙が弘樹をじっと見つめてくる。吸い込まれてしまいそうな美しい瞳だ。

「あの……彼女が出来たんです」

「あら、ぎりぎりで出来たのね」

「はい、そうなんです……」

「良かったわね」

そう言いながら、スラックスの股間に手を伸ばしてくる。

「それで、あの……」

そろり、とスラックス越しに、ペニスを撫でられた。

あっ、と声をあげる。瞬く間に勃起してしまう。瑞穂相手に五発も出して、からからのはずなのに、どうして、すぐ反応してしまうのか。

「それで、どうしたのかしら」

スラックスのジッパーを下げられる。そして、美沙の白くて細い指が中に忍んできた。ブリーフの脇から、入り込もうとしてくる。

「だから、そのっ……あのっ……」

右手を掴まれた。剝き出しの太腿へと導かれる。手のひらに、美沙の柔肌が吸い付いてきた。だめだ……ああ、でも、なんという肌触りなんだろう……。

ペニスを掴まれ、引っ張り出された、と思ったと同時に、美沙が美貌を下げてきた。

「あっ……」

先端が美沙の口の粘膜に包まれた。

「だめですっ……あのっ、彼女が出来たんですっ……あの……美沙先輩っ」

美沙の唇が反り返ったサオの胴体に沿って下がってくる。だめです、と言いつつ、弘樹は美沙の太腿の内側を、股間に向けて撫であげていく。

すると、パンティに指先が触れた。割れ目を突く形になる。そこはすでに湿っていた。

弘樹はパンティの脇から指を忍ばせていく。クリトリスに触れた。

「んふっ……いいわっ」

ペニスから美貌を上げると、ぐいぐいしごきつつ、美沙が熱い息を洩らす。

すると、弘樹のスラックスで携帯が鳴った。ポケットから取り出すと、瑞穂の名がディスプレイに浮き上がっていた。

「彼女かしら」

弘樹はうなずき、タップした。

「弘樹さん、無事着きましたか」

瑞穂の声を耳にするだけで、胸が熱くなる。

「着いたよ」

美沙の生足をピンクのパンティが滑り下りていくのが、弘樹の視界に入ってきた。パンプスからパンティを抜くと、美沙が運転席から助手席へと移動してきた。

「な、なにをっ……」

「どうしたの？　弘樹さん」

「い、いや、なんでも……ああ、ないよ」

驚くことに、弘樹のペニスは、美沙のおま×こに包まれていた。

こんなことがあっていいのか。東京を離れて数時間しか過ぎていないのに、もう浮気をしてしまっていた。しかも、瑞穂と電話で話しながらだ。

恥毛と剛毛がからみあうほど深々と繋がった美沙が、腰をのの字にうねらせはじめた。

「あっ、ああっ……このち×ぽよ……ああ、待っていたわ……」

火を吐くように、美沙がそう言う。腰をうねらせつつ、自らの手でブラウスのボタンを外していく。

「誰か、女性がいるの？」

「まさか……あ、ああ……」

肉襞の群れが、弘樹のペニスにねっとりとからみつき、貪り食らうような動きを見せている。腰をうねらせるたびに愛液がにじみ、どんどん潤滑油が増えていく。

「ああ……これから……あん、このおち×ぽが欲しい時に……あっ、いつでも……ああ、こうやって……ああ、楽しめるのね……」

ブラウスの前をはだけた美沙がブラのフロントホックを外した。弘樹の目の前で、豊かに実った乳房が、誘うように揺れた。

「今、お、おち×ぽって、聞こえました」

「今、飲み屋にいるんだ……隣のテーブルの女が、かなり酔っていてね」

「そ、そうなんですか……」

「高校時代の友達が、空港まで迎えに来てくれて……ああっ……今、いっしょに……ああ……飲んでいるんだ」

ペニスが先端から根元までとろけそうだった。

駐車場に別の車が入ってきた。ヘッドライトに、対面座位で繋がる美沙の上半身が浮かび上がった。

恍惚とした表情は、とても美しかった。

弘樹は揺れる乳房を右手で掴んだ。すると、美沙が美貌を寄せてきた。弘樹の首に両腕をまわし、唇を重ねてきた。

弘樹は左手で携帯を持ったまま、美沙と舌をからめていった。

おま×こがきゅきゅきゅっと締まる。

「友達って、女性ですか？」

瑞穂の声が聞こえたが、美沙と舌をからめたままで、返事が出来ない。

「弘樹さんっ？　弘樹さんっ……」

弘樹は美沙の舌から逃れることが出来なくなっていた。


（了）

※本書は2012年9月に小社より刊行された
『はなむけ慕情』を一部修正した新装版です。

長編官能小説

はなむけ慕情《ぼじょう》〈新装版〉

2023年2月20日初版第一刷発行

著者……………………………………………八神淳一

デザイン………………………………………小林厚二

発行人…………………………………………後藤明信

発行所…………………………………株式会社竹書房

〒102-0075 東京都千代田区三番町8-1

三番町東急ビル6F

email：info@takeshobo.co.jp

竹書房ホームページ　http://www.takeshobo.co.jp

印刷所………………………………中央精版印刷株式会社